INGRID UND GERHARD ZWERENZ

REISEN MIT LORD BILLY

DER ZWEITE ROMAN
EINER FREUNDSCHAFT

RASCH UND RÖHRING VERLAG

Die Deutsche Bibliothek - CIP-Einheitsaufnahme

Zwerenz, Ingrid:
Reisen mit Lord Billy ; der zweite Roman einer Freundschaft / Ingrid und Gerhard Zwerenz. - Hamburg : Rasch und Röhring, 1991
ISBN 3-89136-424-5
NE: Zwerenz, Gerhard:

Umschlaggestaltung und Illustration: Ingrid Hensinger
Satzherstellung: Utesch Satztechnik GmbH, Hamburg
Druck und Bindearbeiten: Bercker, Grafische Betriebe, Kevelaer
Printed in Germany

INHALT

DER HÜTER DES HAUSES

Zwei junge Männer stehen vor dem Tor. Lord Billy, der wachhabende Chow-Chow, ist der Meinung, sie hätten hier im Taunus nichts zu suchen. Ihr Auto riecht fremd, sie selber riechen fremd, ihre Sprache bleibt unverständlich, also stellt Billy sich so an das Tor, daß es sich nicht öffnen läßt.

Marta tritt aus dem Haus und redet freundlich auf den Chow ein. Der hört geduldig zu und bewegt sich nicht. Markart ist aus seiner unteren Etage heraufgestiegen und erklärt Billy, die beiden Studenten seien angemeldet und kämen in freundlicher Absicht. Der Lord bleibt skeptisch. Bei ihm haben sie sich keineswegs angemeldet. Billy weiß das genau. Der Briefträger hat ihm keine Post aus dem Ausland gebracht. Der Chow traut dem Briefträger nicht recht, aber er duldet dessen tagtägliches Erscheinen, weil Marta und Markart es dulden. Billy hatte mit den Jahren gelernt. Der Briefträger brachte etwas, und wenn jemand etwas brachte, hatte Billy keine Einwände. Nur wegtragen durfte keiner etwas, wenn Billy nicht genau darüber unterrichtet war. Billys Wächter-Instinkt und sein Sinn für Besitz waren stark entwickelt. Wegnehmen ließ Billy sich nichts, und das übertrug er auf seine zwei Menschen und deren Eigentum. Billy war dafür da, alles zusammenzuhalten.

Die beiden jungen Holländer, so versichert Markart seinem Chow, seien hier im Haus sehr willkommen; er freue sich auf die Besucher, und Billy würden sie bestimmt auch gefallen. Davon ist der Lord nicht überzeugt, doch trottet er gemächlich zur Seite und gibt das Tor frei.

Ich würde euch nicht so einfach reinlassen, sagt er mit jeder seiner betont langsamen Bewegungen, doch weil meine Menschen gut über euch sprechen, gestatte ich es...

Billy beobachtet die Begrüßung aus den Augenwinkeln. Man hat ihm gesagt, es seien Freunde. Ob sie das wirklich sind, muß sich erst noch erweisen. Markart und Marta lassen sich manchmal täuschen. Er trägt die Verantwortung für sie. Ihn täuscht so leicht niemand. Auch kein Holländer oder, wie Markart erläutert, Niederländer, das soll die korrekte Bezeichnung sein. Was immer der Unterschied sein mag, ihn, Billy, geht das nichts an, für ihn zählt nur, ob jemand Freund oder Feind ist.

Der Besuch befand sich im Haus. Billy beobachtete das fremde Auto. Manchmal kamen irgendwelche unbekannten Wagen angefahren und hielten vor der Garage, was der Chow nicht gestatten mochte und mit einem Knurren kommentierte. Billy wußte, Markarts Auto stand in der Garage, und wenn Markart mit dem Wagen weg wollte, brauchte er den Platz vor der Garage zur Ausfahrt; also hatte ein fremdes Auto dort nichts zu suchen.

Jetzt allerdings stand das Auto aus Holland, beziehungsweise aus den Niederlanden, mit Markarts Billigung hier. Nach zehn Minuten wußte der mißtrauische Wächter, mit dem fremden Fahrzeug würde sich nichts tun, das langweilte den Hund. Er kratzte an der Haustür und wurde von Marta eingelassen.

Billy trottete ins Wohnzimmer und erstarrte vor Schreck. Höchste Zeit für sein Erscheinen! Einer der Besucher saß auf der Couch so dicht neben Markart, wie es sich nicht gehörte. Überdies bewegte der fremde junge Mann beim Sprechen die Arme, seine Hände fuchtelten dicht vor Markarts Gesicht herum. Fast sah es so aus, als wolle der fremde Holländer Markart direkt berühren. Die Verletzung der äußeren Bannmeile war schon schlimm genug, jetzt hatte der Besucher den letzten Sicherheitsabstand durchbrochen. So eng an Markart heran durfte außer Marta nur er, Lord Billy, und höchstens noch Miriam, die Tochter der Seyppels, wenn sie mal aus Berlin oder München oder sonstwoher anreiste und daheim zu Besuch war. Jedem anderen Lebewesen war es verboten, so nahe an Markart heranzurücken. Der Chow ließ ein tiefes, drohendes Knurren hören und fletschte die Zähne.

Markart rückte sofort vom Besucher ab.

»Ruhig, Billy, ruhig!« rief er und ging auf den Wächter zu. »Die beiden jungen Männer sind Freunde, ich hab' es dir doch schon erklärt!«

Markart strich Billy über die Mähne. Der Lord beruhigte sich. Weshalb sollte er sich auch nicht beruhigen? Der Sicherheitsabstand zwischen Markart und dem Eindringling war wiederhergestellt. Billy hatte rechtzeitig eingegriffen und für Ordnung gesorgt, wie es sich gehörte. Markart hatte seinem Chow recht gegeben und streichelte ihm jetzt das schöne Fell. Das gefiel dem Lord. Außerdem demonstrierte es den beiden Besuchern, wie die Machtverhältnisse hier im Hause beschaffen waren.

Billy wartete, bis Markart ihn genug gestreichelt hatte und sich wieder hinsetzte, in deutlichem Abstand zu dem Niederländer. Der Chow trottete ein paar Schritte zur Terrassentür hin, wo er sich niederlegte, das schwere Löwenhaupt auf die gekrümmten Vorderpfoten bettend die Augen geschlossen, bis auf einen winzigen schmalen Schlitz, durch den er alles beobachten konnte. Billy hatte den Besuchern eine Lehre erteilt, wußte aber nicht, ob sie die auf Dauer begreifen würden. Besser, er paßte weiter auf. Der Chow, genannt Lord Billy, war hier der Hüter des Hauses, das mußte immer von neuem klargestellt werden, besonders, wenn Fremde auftauchten.

EIN LACHHAFTER VERDACHT STELLT SICH EIN

Am Abend gab es ein Gespräch zwischen Marta und Markart, denen die Attacke ihres Hundes ein wenig peinlich war. Zwar hatte es seine Richtigkeit, wenn ihr Chow seine Amtspflichten ernst nahm und Markart bewachte. Mißtrauen ist eines Wachhunds erste Bürgerpflicht. Billy freilich, so schien es ihnen, übertrieb es damit. Sie hatten den niederländischen Besuchern erklärt, daß Chows ganz besonders empfindlich reagierten, der Grund dafür sei Eifersucht. Ein Chow liebe seine Menschen über die Maßen und fühle sich sofort zurückgesetzt, wenn sich jemand anders näherte. Die Studenten hatten das verstanden.

»Aber«, sagte Marta, »ich fürchte, Billy ist sehr kritisch gegenüber Ausländern...«

»Du übertreibst«, sagte Markart.

Marta meinte, sie übertreibe nicht, schließlich könne sie den Lord tagsüber, wenn er im Vorhof liege, besser beobachten als Markart, der ein Stockwerk tiefer wohne. »Unser Hund hat einfach was gegen Italiener, Jugoslawen oder Türken, jedenfalls knurrt er sie öfter an als andere Leute.«

»Die Kinder auch?«

»Nein, die Kinder nicht. Die bringt er doch immer mit nach Hause, Rosa aus Rom hat er sehr gern, dann eine junge Türkin und vor allem das Mädchen aus Dubrovnik, das so gern liest und dem ich schon einige Jugendbücher von Miriam geschenkt habe, von denen läßt Billy sich sogar an der Leine führen.«

»Sprechen die Kinder deutsch?«

»Besser als manche der einheimischen Jungen und Mädchen«, antwortete Marta und lachte.

»Dann lehnt Billy die Erwachsenen vielleicht ab, weil er die Sprache nicht versteht. Oder sie sprechen ihm zu laut...«

Das mochte stimmen. Der Lord hatte sich auch schon gegen Deutsche sehr ungnädig gezeigt, Handwerker etwa, die im Hause zu tun hatten und sich lauter, als es der Chow gewohnt war, miteinander verständigten. Im Haus der Seyppels wurde leise gesprochen. Man liebte die moderaten Töne. Heftig artikulierende und gestikulierende Menschen erregten Billys Mißtrauen. Der Lord war ein zartbesaitetes Wesen geworden. Ein Sensibelchen.

»Es ist alles noch viel verrückter«, sagte Marta, »westliche Ausländer liebt unser chinesischer Hund, Vorbehalte hat er vor allem gegen die südeuropäischen...«

»Woher willst du das so genau wissen?«

»Wenn wir den Amerikaner hier in der Nachbarstraße, der früher Zahnarzt bei der Army war, treffen, kann Billy sich gar nicht von ihm trennen...« Die Frau lachte auf: »Weißt du noch, voriges Jahr, als ich mit dem

Lord ins Manöver geriet? Auf der Wiese hinterm Sportplatz übte die US-Army. Die Soldaten krochen auf dem Rasen herum, und der Hund ist sofort losgelaufen und wollte mitmachen. Ich hinterher, laut rufend: ›Billy! Billy!‹«

»Da fühlte sich wohl die halbe Army angesprochen ...«

»Vielleicht rechnet Billy sich seines Namens wegen zu den Amerikanern ...«

»Hätten wir den Chow Sascha oder Igor genannt, würde er zur Roten Armee überlaufen.«

»Die Russen halten ja hier in der Nachbarschaft keine Manöver ab, außerdem zählen sie zu den Osteuropäern ...«

»An deiner Theorie«, überlegte Markart, »kann was nicht stimmen. Unsere beiden holländischen Freunde gehören eindeutig zum westlichen Ausland, und trotzdem hat er sie angeblafft.«

»Das ist etwas anderes«, beharrte Marta. »Der eine Student ist dir im Eifer des Wortgefechts zu dicht auf die Pelle gerückt, da mußte Billy dazwischengehen; außerdem sprachen wir alle vier lauter als gewöhnlich, und Lärm mag er nun mal nicht, weder bei Menschen noch bei Tieren ...«

Markart stimmte seiner Frau zu. Beide hatten sie ihre Erfahrungen mit Billy gemacht. Der Lord vergaß nie, wenn ihn beim Spaziergang ein fremder Hund aus seinem Revier heraus ankläffte. Er bellte nicht zurück, sondern lief betont ruhig und langsam weiter, doch sein Gedächtnis registrierte den Störenfried und speicherte das Ärgernis. Wehe, wenn er dem Lautbeller einmal in Freiheit begegnete. Laute Worte bewertete er, genauso wie lautes Bellen, als feindseliges Verhalten.

»Betrunkene kann der Lord auch nicht ausstehen«, sagte Marta.

»Die riecht er«, bestätigte Markart.

»Am schlimmsten ist es, wenn betrunkene südosteuropäische Ausländer lebhaft redend und gestikulierend vorbeigehen«, faßte Marta zusammen.

Sie sahen einander an und lachten, doch ihre Heiterkeit wirkte ein wenig gezwungen. Der Gedanke, Lord Billy sei partiell ausländerfeindlich, mißfiel ihnen. Denn erstens sind sie liberal und fürs Multikulturelle und haben das auch, wo notwendig, öffentlich bekundet. Zweitens aber blickten sie sorgenvoll in die Zukunft, denn sie planten eine Südeuropa-Reise mit dem Chow. Es sollte nach Spanien gehen.

»Hilft alles nichts«, sagte Markart, »wir werden unserem Lord Toleranz beibringen müssen.«

»Bei Betrunkenen dürfte das schwerfallen«, sagte Marta, »da müßtest du ihm die Nase zuhalten.«

Hoffen wir, dachte Markart, daß wir nicht so viele betrunkene Spanier treffen.

DAS SPIEL MIT DEN FLASCHEN

Markart war der Gedanke, sein Chow sei fremdenfeindlich, neu. Ihm war bisher davon nichts aufgefallen. Wenn er mit dem Hund unterwegs war, schien der andere Kriterien für seine Vorlieben zu haben. Billy mochte Kinder und Frauen. Bei Männern verhielt er sich mal uninteressiert, mal zeigte er spontan Sympathie.

Nur wenn der Lord Alkohol roch, wich er sofort zurück. Setzte einer mit Schnaps- oder Bierfahne dann nach, um den Chow zu streicheln, ging der Hund in jene Abwehrhaltung, auf die ein Angriff folgen konnte, wenn Markart nicht einschritt. Billy mag Trinker nicht, überlegte Markart, die einzige Ausnahme bin ich.

Markart tat sich tagsüber am weißen Landwein gütlich, den ein Winzer aus dem Rheinhessischen jeden Herbst anlieferte. Seyppel nahm den Wein, manchmal mit Wasser verdünnt, was man Schorle nennt, in kleinen Schlucken von morgens an zu sich.

Mäßiger Weingenuß, beteuerte Markart, ist gesünder als das ständige Kaffeetrinken. Und er setzte, wurde darüber gesprochen, gleich hinzu, er befolge nur den Rat seines Arztes: Weißwein sei nützlich bei niedrigem Blutdruck, weil er den Kreislauf anrege.

Billy wußte genau, wo die Flasche stand, aus der Seyppel sich bediente. Bei ihm fand er sich mit dem Alkoholgeruch ab, denn er liebte diesen Mann, von dem es hieß, er sei sein Herr. Billy wußte, in Wirklichkeit war es umgekehrt, der Chow war der Herr dieses Markart, doch ein kluger Hund behielt dieses Wissen lieber für sich. Man durfte die Menschen nicht überfordern und mußte ihnen einige ihrer Illusionen lassen, die brauchten sie für ihr Selbstbewußtsein. Davon hatte Billy reichlich, also konnte er Markart ein paar Schwächen gestatten und sich dem Mann überlegen fühlen. Wenn Billy sah, wie Markart zum Weinglas griff, stellte er sich blind.

Markart wunderte sich immer wieder über Billys Verhalten bei der Rast auf einer Reise. Weil Chows stets Durst haben und trinken müssen, packte Marta vor jeder längeren Autofahrt eine Schüssel und eine gefüllte Wasserflasche in den Kofferraum.

Bei der Rast wurde die Schüssel auf die Erde gestellt und das Wasser aus der Flasche hineingegossen.

»Nun trink, Billy«, hieß es dann.

Der Chow aber wendete sich voller Entsetzen ab und verweigerte den Trunk.

Das ging jahrelang so. Bis Markart auf dem Rastplatz wieder mal die Schüssel füllte und plötzlich Erfolg hatte.

Verblüfft beobachtete er, wie gierig der Hund schlabberte. Warum trinkt er jetzt auf einmal? überlegte der Mann, und es fiel ihm ein, daß er die Schüssel diesmal im Kofferraum gefüllt hatte! Billy hatte die Flasche nicht zu sehen bekommen. Plötzlich wurde Markart klar: Er selbst lieferte den Grund für das seltsame Verhalten seines Hundes.

Daheim zum Abendessen trank Markart eine Flasche Bier. Als Billy noch jung und unwissend war, hatte er begehrlich darauf geblickt, worauf der Mann ihm die geöffnete Bierflasche vor die Nase hielt.

Der junge Chow, den Biergeruch einatmend, schüttelte sich und fuhr entsetzt zurück. Alkohol und Flaschen verbanden sich nach seiner ersten frühen Erfahrung für sein ganzes Leben miteinander, und da er Bierflaschen, Weinflaschen, Milchflaschen und Wasserflaschen nicht auseinanderhalten konnte, mochte er der Einfachheit halber überhaupt keine Flaschen.

Markart, in seiner menschlichen Einfalt, foppte den Hund noch so manches Mal, indem er ihm beim Abendessen scheinheilig die Bierflasche hinhielt und rief: »Komm, Billy, trinken–«, woraufhin der Lord teils geduldig mitmachte, teils in Erinnerung an den gräßlichen Biergeruch erschrocken zurückwich, was Markart mit Gelächter begleitete.

Billy verstand, Markart meinte es nicht wirklich ernst,

dieser Mensch hatte längst begriffen, was sein Chow verabscheute. Wie aber sollte dann der Hund bei der Rast durchschauen können, daß es sich nicht um einen dummen Menschenscherz handelte? Billy erblickte die Flasche, aus der etwas in seine Schüssel gegossen wurde. Also veranstaltete der Mann das Abendbrot-Trinkspiel mit ihm, und Billy tat dem Kerl den Gefallen, entsetzt zurückzuprallen. Obwohl er doch eigentlich durstig war.

Liebendgern hätte er geschlabbert, doch wenn Markart seinen Spaß mit ihm haben wollte, dann spielte er eben mit. Was tut ein gutwilliger Hund nicht alles seinen Menschen zuliebe. Sogar dursten.

SCHLAFREDNER

Es ist kurz nach Mitternacht. Die niederländischen Besucher schlafen im Gästezimmer. Hund und Herr haben sich in ihre mittlere Etage zurückgezogen, Marta und ihre Katze sind im ersten Stock. Billy liegt auf der Terrasse und beobachtet den mondlichthellen Garten. Durch die geöffnete Tür des Gästezimmers dringt der fremde Geruch der beiden jungen Männer, von denen ihm Markart mitgeteilt hat, es seien gute Freunde. Billy beschließt großmütig, für diese Nacht die fremden Schläfer mitzubewachen. Da sonst nichts weiter geschieht, außer daß die Mäuse auf der Wiese tanzen, genehmigt der Wachhund sich auch ein Nickerchen. Morgens gegen zwei schleicht ein schwarzer Kater in den

Garten, von den geschäftigen Mäusen angelockt. Billy ist sofort hellwach und macht sich bemerkbar. Sein »Woff« treibt den Kater in die Flucht. Die Mäuse, in ihre Löcher geflüchtet, verharren reglos.

Markart, in seinem zum Berg hin gelegenen Schlafzimmer, registriert die Laute seines Chow, richtet sich auf und sagt:

»Hund, du mußt dein Verhalten gegenüber den Jugoslawen, Türken und Italienern ändern. Du denkst, ich merke es nicht, wenn du sie aus deinem Hof heraus verbellst. Wenn ich in der Nähe bin, nimmst du dich zusammen, weil du weißt, daß ich dein Benehmen nicht billige. Ich sage dir also: Alle Ausländer sind Menschen wie du und ich – na, wie du nicht, denn du bist kein Mensch, sondern ein Hund, nein, ein Chow-Chow, also ich weiß nicht, manchmal scheint mir, du bist doch ein Mensch, jedenfalls bist du mir lieber als so mancher richtige Mensch, bloß deine Abneigung gegen manche Ausländer geht mir auf die Nerven. Weil, mein lieber Freund, du strenggenommen selber ein Ausländer bist, du stammst aus Asien, aus China, aus Nepal und was weiß ich, aus welchen Fernen, und wenn ich dich nicht leiden könnte, weil du aus dem Ausland kommst, dann würde dir das kaum gefallen, oder? Schließlich kannst du froh sein, daß wir dich hier aufgenommen haben, denn bei dir daheim werden Chows heute noch gefressen, ist dir das klar, mein Lord?«

Billy, auf seiner Terrasse, hört Markarts Worte aus dem hinteren Teil des Hauses. Der Mann träumt und murmelt im Schlaf, denkt Billy, das geschieht oft. Menschen nämlich, das hat der Chow erfahren und erkannt, müssen immerzu reden und reden . . .

Marta gab Markart am nächsten Morgen seine nächtliche Ansprache an den Hund fast wörtlich wieder, denn sie hatte den Mann laut sprechen hören und war nach unten gegangen.

»Wirklich, eine solche Rede habe ich gehalten?« wunderte sich Markart.

»Ja«, sagte Marta, »ich dachte, du bist wach und redest mit Billy. Doch als ich runterkam, lag der Hund auf der Terrasse, und du, also du hast aufrecht in deinem Bett gesessen, deine Ansprache gehalten, dich danach zurückfallen lassen und laut geschnarcht.«

»Geschnarcht?« fragte Markart schuldbewußt, und dann lachten sie beide, denn seine Schnarcherei war der Grund dafür gewesen, daß sie sich vor Jahren für zwei getrennte Schlafzimmer entschieden hatten.

DAS UNGETÜM

Zu Billys Fähigkeit, sein Erstaunen anzuzeigen, gehören eine ganze Menge kleiner Eigenheiten: Der Chow erhebt sich, erstarrt zu einer wie aus Blei gegossenen Figur und blickt unverwandt in die Richtung, aus der die Sensation sich nähert.

Diesmal ist es ein kastenartiges, hohes Gefährt, eine Art Lastwagen und auch wieder nicht, und statt vorüberzufahren, biegt das Ding auf den kleinen Parkplatz neben dem Haus ein, schleicht sich bis fast an die Hauswand heran und bleibt stehen.

Billy duldet hier keine Fremden, weder fremde Menschen noch Autos, noch solche seltsamen Gebilde. Mit der deutlichen Absicht, dem parkenden Ungeheuer aus Blech und Benzingestank die Leviten zu lesen, schreitet Lord Billy heran, bis ihn nur noch der Lattenzaun vom Parkplatz trennt. Eben will der Wachhund seine Stimme erheben und unmißverständlich Protest anmelden, da erschnüffelt seine feinnervige Nase den vertrauten Geruch seines liebsten Menschen. Markart hat das Ungetüm auf der dem Haus abgewandten Seite verlassen und kommt um den Wagen herum.

»Billy, das ist unser kleines Haus auf vier Rädern, mit dem fahren wir morgen nach Spanien«, sagt Markart, beugt sich über den niedrigen Zaun und tätschelt dem Chow den Kopf.

Der Wachhund ist frustriert, weil er seine gestauten Aggressionen nicht los wird und, statt den gehörigen Protest loszulassen, die Liebkosung entgegennehmen muß. Billy hat beides gern, aber schön der Reihe nach, erst wird geknurrt, dann erhält der Hund seine Streicheleinheiten. Jetzt hingegen muß der Lord die Klappe halten (oder die Schnauze, doch der Chow nennt das bei sich nicht so burschikos; seiner Meinung nach haben andere Hunderassen Schnauzen, genauso wie fremde Menschen; er selbst jedoch, Lord Billy und seine beiden Menschen Marta und Markart, haben natürlich einen Mund und keine Schnauze), er muß also die bereitgehaltenen Drohlaute unterdrücken und statt dessen den braven Liebling spielen, der sich gern streicheln läßt.

Markart hat noch mehr zu erklären: »Das ist ein Wohnmobil, mit dem fahren wir alle morgen frühzeitig los!«

Billy begreift nicht recht, was damit gemeint ist, das Wort »Wohnmobil« ist für ihn neu, ein Fremdwort in seiner Hundesprache; »losfahren« allerdings kennt Billy, es bedeutet, sie springen in Markarts Auto, und ab geht die Post, daß die Bäume am Straßenrand nur so vorüberfliegen.

Billy fährt gern weg, denn er ist für Bewegung. Am liebsten bewegt Billy sich natürlich auf seinen vier Beinen. Geht es aber mit dem Auto los, winkt am Ende genauso das große Glück, man kommt irgendwo an, darf das Auto verlassen und zu Fuß herumgehen. Billy ist jede Gegend und jeder Ort recht, Hauptsache, er darf sich tummeln und alles beschnüffeln.

Es kommt vor, daß sie schon im Wagen Platz genommen haben und Markart, statt aus der Garageneinfahrt rückwärts herauszusetzen, noch ein Stück vorwärts in die Garage fährt. Billy blickt dann sehr verdrießlich drein und fürchtet jedesmal, es würde nichts aus der Fahrt, wie es tatsächlich schon vorgekommen ist. Verdammt, die Karre ist kaputt, knurrte sein Mensch am Lenkrad dann, worauf irgendwelche komplizierten technischen Erläuterungen folgten, die Billy nicht verstand.

Außerdem waren sie ihm schnuppe, weil sie sowieso nur Ärger einbrachten; denn statt wegzufahren, mußten sie nun den Wagen verlassen, weil Markart zu telefonieren hatte mit dem Mann von der Tankstelle. Da ging es dann um Batterien oder Zündung oder Benzin und solche überflüssigen Dinge, die einen Hund nur langweilen konnten.

Billy steht noch am Gatterzaun und hört sich die Erläuterungen Markarts an, wobei er vorsichtig die Luft einsaugt, um sich vertraut zu machen mit dem Ungetüm, von dem Markart ihm gesagt hat, es heiße Wohnmobil. Losfahren, damit, nach Spanien? Na, ihm kann es egal sein, womit sie losfahren, Hauptsache ist nur, daß es endlich mal wieder abgeht, der Lord nämlich ist jederzeit reisefertig. Er braucht kein Gepäck, und was er braucht, nehmen seine Menschen für ihn mit, da macht er sich keine Sorgen.

Wär doch schon morgen früh, scheint er zu sagen, und in seinen braunen Augen steht geschrieben: Ab geht die Post! Jedenfalls liest Markart darin diese Botschaft, und der muß ja wissen, was sein Chow denkt. Billy kann sich in diesen subtilen Dingen voll und ganz auf seinen Mann verlassen. Markart und Billy spielen das Spiel *ICH VERSTEHE DICH UND DU VERSTEHST MICH* unterdessen schon ein paar Jährchen. Sie sind ein eingespieltes Team.

Morgen früh wirst du Gas geben, mein Alter, sagt der Chow in seiner hündischen Augensprache, und Markart freut sich genauso darauf wie der Chow.

KATZEN, MÄUSE UND EIN SCHALTHEBEL

Am Abend wird gepackt. Billy wundert sich, welche Unmengen Gepäck in dem motorisierten Haus verschwinden. Das ist was anderes als bei den Reisen mit dem PKW, wenn der Kofferraum nie genug Platz bietet und dann noch Sachen im Fond des Wagens verstaut werden, wo doch Billys Reich liegt, das ihm verknappt wird, daß er sich manchmal kaum bewegen kann, jedenfalls nicht richtig ausstrecken. Da heißt es immer: Luxuswagen – Pustekuchen, von wegen Luxus, bald stößt er mit den Vorderläufen an, bald mit den Hinterläufen. Du bist eben zu groß für deine Rasse, bekam er dann zu hören, na, sollte er sich vielleicht künstlich verkleinern und abkürzen lassen, nur weil diese Menschen so viel Gepäck brauchen?

Das Wohnmobil bietet mehr Raum, Billy freundet sich damit an, schnuppert hier und schnuppert dort. Je mehr Sachen die Seyppels, seine beiden Familienmitglieder, hereintragen, desto vertrauter und heimischer fühlt sich der Chow; nur schicken sie ihn hierhin und dorthin, weil er immerzu im Wege steht. Eben hat er im Eingang gesessen, das war ihnen nicht recht. »Laß mich durch, Billy«, sagte Marta, da legte er sich in den Mittelgang der Wohnraum-Küchen-Kombination. Und schon keuchte Markart herbei: »Mach mal Platz, Billy!« Er legte sich vorn zwischen die beiden Sitze, wo sie ihn endlich in Ruhe ließen. Wär ja auch noch schöner, ihn in seiner notwendigen Kontrollfunktion zu behindern, er hält seine Anwesenheit vor Reisebeginn für außerordentlich wichtig. Wer sonst, wenn nicht er, der Leibwächter, hat ein Auge darauf zu haben? Mit Genugtuung registriert er, wie seine verschiedenen Näpfe im Wagen verstaut werden; und mit Bitterkeit im Hundeherzen vermerkt er die Katzennäpfchen, woraus messerscharf zu schließen ist, daß die Katze Isabella mit auf Reisen geht. Das kann ihn schon aufregen, wenn er nur daran denkt. Muß das Katzenvieh unterwegs auch noch versorgt werden? Kann es sich keine Mäuse fangen? Unerhört! Der Lord beschließt, auf eine passende Gelegenheit zu warten und dann zuzuschnappen. Vielleicht würde es eine echte Abenteuerreise.

Billy mochte Katzen nicht. Das war ein ständiger Streitpunkt zwischen seinen beiden Menschen und ihm.

Ein Hund gehörte zweifellos ins Haus. Eine Katze mitnichten. Anfangs, so erinnerte er sich, waren es sogar zwei Katzen. Die eine, Minouche, war dann irgendwohin verschwunden, vielleicht in den Katzenhimmel, doch die zweite war geblieben und sollte jetzt sogar mitfahren. Was redeten Marta und Markart auf ihn ein, Katzen seien gute und nützliche Tiere. Mäuse fingen sie. Er hingegen nicht. Als ob Mäuse seiner würdig wären! Fing er aber mal so nebenbei einen Maulwurf oder Hamster, dann regten sie sich auf. Packte er gar einen Hasen, gab's ein Riesengeschrei und eine Aufregung, als sei sonst was los. Mäuse sollte er fangen, rieten sie ihm. Na schön, er hatte schon Fliegen zu fangen versucht, wenn sie ihn ärgerten. Mäuse hingegen ärgerten ihn nicht, die übersah er. Ein richtiger Jäger wählte sein Wild selbst aus. Es mußte ihm gefallen, seiner würdig sein. Außerdem bestand Billys Hauptaufgabe darin, Marta und Markart zu beschützen, Haus, Hof und Garten zu bewachen und jetzt das Wohnmobil zu beaufsichtigen. Wehe, wenn ein Fremder sich dem zu nähern wagte ...

Billy hatte nun alles ausreichend kennengelernt. Er streckte sich der Länge lang aus, zwischen Fahrer- und Beifahrersitz, und ärgerte sich nur über den Schalthebel, der ihm ins Kreuz drückte.

Ansonsten war alles in bester Ordnung. Seinetwegen konnte es noch in der Nacht losgehen. Vorsorglich nahm er eine Mütze voll Schlaf auf Vorrat, denn während der bevorstehenden weiten Reise in dieses unbekannte Spanien würde er all seine Kräfte und Energien benötigen.

Innerhalb des Landes kannte Billy sich aus und zählte zu den weitgereisten Hunden. Unser Lord ist ein landesweiter Herr, pflegte Marta zu sagen, und der Chow gab sich wahrhaft weltläufig. Das aber war er gar nicht, und das war auch ihr Problem. Früher, ehe der Chow zur Familie gehörte, waren die Seyppels oft in andere Länder gereist. Als leidenschaftliche Schwimmer liebten sie das Mittelmeer, die italienischen und jugoslawischen Küsten hatten es ihnen angetan. Dann jedoch, Ende der siebziger Jahre, hatten sie sich im Hochtaunus ein Haus an den Feldberghang gebaut und die Tochter durch Billy, den Chow, ersetzt. Dieser Umstand, daß die Tochter, inzwischen erwachsen, von daheim wegging und an ihrer Stelle ein Hund ins Haus kam, führte zu unendlich lang anhaltenden Anspielungen und Sticheleien, wenn etwa Marta der aus West-Berlin, München oder Amerika anrufenden Miriam schilderte, was »dein Bruder Billy« wieder angestellt habe. Markart wiederum liebte es, Billy »Grüße von deiner lieben Schwester« auszurichten, und wenn Billy sich frech oder unvernünftig aufführte, lobte Markart seine Tochter, die als Kind schon »soviel klüger« gewesen sei, da könne Billy sich mal eine Scheibe abschneiden.

Den Satz mit dem Ende: »eine Scheibe abschneiden« liebte Markart und wiederholte ihn noch und noch, denn danach ließ es sich so schön verdutzt einhalten und sagen: »Na ja, eine Scheibe abschneiden wollen wir Miriam nicht, aber als Vorbild könntest du sie dir schon nehmen, Billy!«

Der Chow tat dann immer reumütig, als könne er kein

Wässerchen trüben; eine Minute später allerdings hatte er alles vergessen, denn sein majestätisches chinesisches Hundehirn wurde von ganz anderen Kräften gelenkt als denen der menschlichen Vernunft. Von der hielt unser Lord nun wirklich wenig, worin er sich, der Vollständigkeit halber sei's angefügt, kaum unterschied von Markart. Billy vergaß andererseits den Geruch seiner Schwester nicht. Wenn sie, das geschah pro Jahr meist nur einmal und vorwiegend Weihnachten, nach Hause kam, warteten Markart und Billy vorm S-Bahnhof in Oberursel auf den einfahrenden Zug. Markart ließ Billy frei: »Begrüß deine Schwester!« Und Billy steuerte auf den Pulk ankommender Fahrgäste zu und fand im dichtesten Gewühl die Schwester, der er sofort den Hof machte, was heißt: Er leckte ihr entweder die Hände oder gefiel sich in stürmischen Umarmungen. Ja, der Lord wußte, was sich gehörte.

Allerdings mißfiel ihm das anschließende Zeremoniell, das darin bestand, daß sie unverzüglich im Auto Platz nahmen und dann die elf Kilometer lange, steil ansteigende Strecke über die Kanonenstraße nach Oberreifenberg hinaufrauschten.

Der Lord fuhr gern Auto, aber nicht nach Hause. Ihm ging es nie weit genug fort, und bevor er nun am Oberurseler S-Bahnhof in den Wagen kletterte, versuchte er zu verzögern, schnüffelte hier und dort und lief betont langsam auf den geparkten Wagen zu. In seiner Hundesprache hieß das: Ich würde lieber noch ein paar Stündchen hierbleiben.

Ihm wurde bedeutet, Miriam wolle endlich nach Hause und habe Hunger. Was Hunger haben bedeutete, wußte Billy, und da er seine Schwester liebte, gab er nach, als der Klügere, der er war. Wie alle wußten.

Seit Billy zur Familie gehörte, waren die Seyppels nicht mehr in den Süden gereist, denn dem Chow bekam die Hitze nicht. Sie hätten zwar in den Norden fahren können, doch sie meinten, der Hochtaunus sei nördlich genug. In Wahrheit fesselte sie ihr Haus an den Ort, denn da war in den ersten Jahren viel zu tun; sie wurden, was sie vorher nie gewesen waren: seßhaft. Markart nannte das: bekehrte Zigeuner. Danach fiel ihm regelmäßig ein, der Name Zigeuner sei bedenklich, und er korrigierte sich, indem er sagte: Bekehrte Roma sind wir.

Das Wort gefiel ihm aber nicht richtig, denn es drückte nicht seine frühe Kindheitserfahrung aus, wonach die Roma Zigeuner hießen und verachtet waren. Genau so ein abgelehnter, verachteter Typ von Zigeuner aber wollte er sein, wenn er sich so bezeichnete. Diese Bedeutung ging nun einmal verloren, wenn er sich einen Roma nannte. Als Schriftsteller hatte Markart mit derlei Umbenennungen seine Schwierigkeiten, denn ihm ging es nicht nur um das einzelne Wort, sondern um »die Wolke«, wie er sagte, das Bedeutungsfeld, wie es die gelehrten Sprachwissenschaftsgeier nannten.

GEMÄSSIGTER SÜDEN

Marta hatte eines Abends gesagt: »Billy ist nun acht Jahre alt und war noch nie im Ausland. Wir sollten eine Landschaft im gemäßigten Süden für ihn aussuchen.«

Ganz selbstverständlich verfielen sie auf Nordspanien, die Biskaya; man würde sich auf die Socken machen, nein, die Räder, und über Frankreich und die Pyrenäen nach rechts die Küste bei Bilbao und Santander entlangbrausen. Klarer Fall also.

Klarer Fall auch, daß Billy endlich das Ausland kennenlernen mußte. Es gab gewisse Gründe dafür. Reisen bildet, ihr Lord sollte kein ungebildeter Hund sein, das verbot schon der hochgestochene englische Titel.

»Die spanische Nordküste eignet sich vorzüglich«, erklärte Marta, »denn sie ist chowgetestet.«

Chowgetestet gefiel Markart derart, daß er es dreimal vor sich hin flüsterte und anschließend seinem ausgefallenen Sprachschatz einverleibte. In hündischen Fachkreisen würde er damit künftig tüchtig auftrumpfen und angeben. Auf so was mußte man erst kommen. Natürlich hatte er damit Marta unwillkürlich wort- und sprachenteignet, sie war es schließlich gewesen, die den schönen verrückten neuen Begriff erfunden hatte. Doch Markart, der Chauvi, erwies sich wie Billy, der Chow, manchmal als unverbesserlich. Die Herren eigneten sich an, was ihnen gefiel, und es kam vor, wenn auch selten genug, daß Markart auf seinen Hund und sich selbst zeigte und schuldbewußt ausrief: »Wir sind verdammt herrenrassistisch ...«

Dann taten beide eine Zeitlang ganz so, als seien sie es nicht.

Das chowgetestete Nordspanien war ihnen durch Billys Vater nahegebracht worden. Dieser zwei Jahre ältere Chow mit Namen Leo kannte sich an der Biskaya ebenso aus wie in Frankfurts City, wo sich der Hauptwohnsitz seiner Familie befand.

Die Familie Nemetz bestand aus Leo, dem Chow, und seinen zwei Menschen Peter und Helen, und weil sie alle drei infolge der mainischen Stadtluft an allerhand Allergien litten, hatten sie sich einen spanischen Zweitwohnsitz angeschafft.

Peter Nemetz, danach befragt, erklärte: »An der Biskaya sind die Temperaturen auch im Sommer angenehm, nie über dreißig Grad. Schattige Plätze für einen Chow gibt es genug, es ist der ideale Ferienplatz für unsere Hunde.«

Billy, der zwischen Markart und dem auf Besuch von Frankfurt in den Taunus heraufgekommenen Peter Nemetz lag, lauschte aufmerksam den Reiseberatungen und gab, fielen die Worte Chow und Hund, leichte Signale von Interesse. Sobald ihm klar wurde, daß es um ihn ging, war er dabei. Der Egozentriker, der stets im Mittelpunkt stehen mußte. Jetzt *lag* er im Mittelpunkt, neben Markart, seinem Gott, und Peter Nemetz aus Frankfurt am Main, der ihm sympathisch war. Doch immer wieder wurde ihm mitgeteilt, daß seiner Familie unten in der luftverschmutzten Stadt ein gewisser Chow mit Namen Leo angehöre, von dem er, Billy, abstamme.

Billy hörte, wurde darüber gesprochen, mit mühsam gebändigtem Unglauben zu. Denn er mochte seinen Vater gar nicht, konnte ihn nicht riechen. Peter hatte Leo einige Male mitgebracht, diesmal aber darauf verzichtet. Kluger Mensch, der Peter, der endlich begriff: Zwei Chow-Rüden können nicht in einem Haus in Frieden miteinander leben. Billy jedenfalls konnte es nicht und hatte es diesem Leo gezeigt. Wäre ja noch schöner, wenn Mensch ihm einen andern Hund ins Haus schmuggeln wollte. Eine Hundefrau konnte er einlassen, ganz besonders eine Chow-Frau, ein Chow-Mann aber kam überhaupt nicht in Frage.

Außerdem bezweifelte Billy, daß dieser Leo sein Vater sei. Er war schließlich ein Lord, Markart hatte ihm erklärt, das sei ein englischer Adelstitel. Leo hingegen wurde von niemandem »Lord« genannt, also war er wohl auch keiner. Wie konnte ein Lord Billy von einem Nichtlord Leo abstammen? Nun gab es ja noch seine Mutter, bei der war immer die Rede von einer »englischen Linie« – möglicherweise war sie eine Lady? Die Vorstellung, den Titel von ihr vererbt bekommen zu haben, behagte ihm eher; an seine Mutter bewahrte er aus seinen ersten Lebenswochen die allerbesten Erinnerungen auf. Mit der Verwandtschaft konnte er sich abfinden, den Vater akzeptierte er nicht, zumal Leo auch noch in Frankfurt am Main wohnte – wie konnte es ein sensibler, feinnasiger Chow bloß in dieser schmutzigen, vergifteten Metropole aushalten?

Da half auch kein langer Nordspanien-Aufenthalt, das war so unhündisch wie unmenschlich, daß es den Hochtaunus-Billy schon bei einem Gedanken daran schüttelte.

»Der Lord träumt«, sagte Markart, auf seinen unruhig zuckenden Hund verweisend, »wer weiß, welchen Feind er gerade wieder erledigt ...«

»Leo hat im Schlaf auch immer eine Menge zu tun«,

sagte Peter, »manchmal scheint mir, die Chows haben wie die Katzen im Traum eine zweite Lebens-Ebene ...«

Billy hörte den beiden zu und triumphierte: von wegen träumen. In Wirklichkeit war er hellwach und tat nur so, als schliefe er. Was die beiden Männer über seinen und seines sogenannten Vaters Schlummer von sich gaben, war ihm schnuppe, entscheidend war die Nachricht, daß es in Kürze losginge nach Nordspanien. Soviel war gewiß: Es würde eine lange, große Reise. Der Lord würde endlich das Ausland kennenlernen.

WAS MENSCHEN SO REDEN, BEGREIFT KEIN HUND

Die beiden Menschen, zwischen denen Billy ausgestreckt lag, gefielen sich in einem Dialog, der in der Hauptsache den Lord betraf. Bei den Nebendingen klappte er einfach seine Ohren zu.

»Verdammt weit ist es ja«, sagte Markart, die Landkarte betrachtend, »das müssen fast zweitausend Kilometer sein.«

»Sechzehnhundert«, erwiderte Peter Nemetz, »und das meiste davon gutausgebaute Autobahn.«

Autobahn – das Wort kannte Billy, und er deutete mit dem Schwanz ein zustimmendes Wedeln an.

»Mit dem Wohnmobil sind kaum mehr als hundert Stundenkilometer zu schaffen«, nörgelte Markart. »Es ist wie ein Schneckenhaus, das man mitschleppt. Das Haus ist immer dabei, dafür geht's nur gemächlich voran.«

Da spricht der Schnellfahrer aus Markart, dachte Billy und verhielt sich mucksmäuschenstill, denn er wollte es jetzt mit Markart auch nicht andeutungsweise verderben. Schließlich würden sie in den nächsten Tagen sehr aufeinander angewiesen sein, zusammen in diesem Wohnmobil oder Schneckenhaus oder weiß der Kukkuck, was das nun war.

»Also für uns, Helen, Leo und mich, ist der Ort unten an der Biskaya die zweite Heimat geworden, wir fühlen uns dort gut und glücklich und sauwohl«, warf Nemetz ein.

Sauwohl, dachte Billy, was ist denn das nun wieder? Bevor er weiterkam mit seinen Überlegungen, mischte Marta sich ein: »Ich spreche etwa anderthalb Sätze Spanisch, und das ist noch viel im Vergleich zu den Spanischkenntnissen meiner beiden Männer –«

Ihrer beiden Männer? Billy riß erstaunt die buschigen Augen auf. Wieso hatte diese Frau zwei Männer? Er kannte nur den einen – Markart. Meinte sie am Ende etwa ihn, Billy? Zu dumm, daß selbst der klügste Hund aus dem, was die Menschen sprachen, nicht recht klug wurde. Manchmal redeten sie Unsinn; das nannten sie dann Humor und Ironie und tiefere Bedeutung. Wahrscheinlich hatte Marta Billy jetzt zu einem ihrer beiden Männer ernannt, was dann wieder als »tiefere Bedeutung« ausgegeben wurde. Was auch immer das sein mochte. Und was endlich seine, Billys, spanischen Sprachkenntnisse anging, so fühlte er sich deutlich unterbewertet. Es stimmte schon, er sprach diese ausländische Sprache nicht, doch wenn damit Zweifel an seinem guten Willen und seiner Lernbereitschaft ausgedrückt werden sollten, so mußte er protestieren. Da hatte er schon ganz andere Sprachen gelernt, diese inländische Menschensprache zum Beispiel, die sie deutsche Sprache nannten. Anfangs hatte er kein Wort davon verstanden, wie lauter unverständliche Knurrlaute war ihm dieses Deutsch vorgekommen, zumal sie in den verschiedenen Landesgegenden auch noch recht unterschiedliche Abarten pflegten, Dialekt nannten sie das Kauderwelsch. Billy, am Rande der Rhön geboren, nahe der Bischofsstadt Fulda, hatte als Jung-Chow eben das Nordost-Hessische verstehen gelernt, als ihn Markart dort wegholte und in die hiesigen Taunusberge brachte, wo Mensch sich anders artikulierte. So, wie sich die Menschen überall, wohin Billy mit Markart und manchmal auch Marta gereist war, unterschiedlich ausdrückten. Im Bayerischen Wald, nur als Beispiel, hatte Billy die Einheimischen überhaupt nicht verstehen können, und dort oben im Norden, wo sie sagten, das sei Osnabrück, Oldenburg, Bremen, also dort oben war Billy ganz und gar auf Zeichensprache angewiesen gewesen. Zum Glück hatte er seine beiden Menschen bei sich, die sich als Übersetzer in die jeweilige Landessprache anboten.

Kurzum, wenn Billy diese enormen Verständnisschwierigkeiten gemeistert hatte, würde er auch die bevorstehende spanische Sprachbarriere überwinden, da sah er der Reise mit mehr Vertrauen entgegen als Marta.

Peter Nemetz allerdings nahm Martas Bedenken ernst: »Nehmt meinen Freund Jürgen mit«, schlug er vor, »der ist in Spanisch perfekt und will sowieso ein paar Wochen nach Barcelona. Auf der Hinreise könnten sich Markart und Jürgen beim Fahren ablösen.«

»Und was mache ich mit Billys Speiseplan?« wandte Marta ein. »Der Hund ist, leider muß ich's eingestehen, ein wenig verwöhnt worden von uns. Speist nur einmal am Tag, am Abend, aber dann groß und gut, am liebsten hat er Rinderherz.«

»Nein«, warf Markart ein, »die Filets, die ich nicht kriege, die werden dem Lord serviert–«

Schwachsinn, dachte Billy, sie trauen sich nur nicht so recht nach Spanien, weil sie kein Spanisch sprechen und also nicht wie daheim das große Wort führen können, und was schieben sie vor? Ausgerechnet meinen Küchenzettel. Als ob ein Chow kein Gourmet sein dürfte. Da geben sie sonst immer an mit mir, wie prächtig ich sei, bestens anzusehen, ganz anders als einer dieser Straßenköter, aber wenn's drauf ankommt, soll die Spanienreise an meiner Eßkultur scheitern.

»Rinderherz«, dozierte Peter Nemetz mit erhobener Stimme, »ist dort unten unglaublich preiswert!«

Na also, dachte Billy, nichts wie auf zur Biskaya und zu den preiswerten Rinderherzen, die einem Chow direkt in den Mund fliegen wie im Wunderland die gebratenen Tauben den dort wohnenden Menschen. Ja, Billy lebte in einem Schriftstellerhaus, er kannte sich aus in passenden literarischen Vergleichen. Marta und Markart waren einverstanden. Ein Land, in dem die Lieblingsspeise ihres Hundes billig sein sollte, gewann an Attraktivität.

»Und wie ist es mit frischer Leber?« erkundigte sich Marta.

»Wieso?« fragte Peter. »Ist Billy etwa darauf scharf, das wäre für einen Chow aber sehr ungewöhnlich ...«

Billy schüttelte sich innerlich bei dem Gedanken. Leber nahm er höchstens als Beigabe zu sich, und nur gut durchgebraten. Rohes Fleisch, wie es diese unzivilisierten Katzen fraßen, brachte er nicht hinunter. Sonst klaute er alles aus Isabellas Napf, was für ihn genießbar war, doch niemals ungekochte Innereien. Die ekelten ihn unsäglich.

Markart erläuterte Peter den Fall: »Isabella, die Katze, geht auch mit auf die Reise.«

An dieser Stelle hielt Billy es für angebracht, sich würdevoll und deutlich aufzurichten. Das Wort Katze löste in seinem Inneren Alarm aus, sein Nervensystem war darauf eingerichtet. Wie bei einem Feuerwehrmann, wenn die Sirene losgeht.

Überflüssigerweise kommentierte Marta den Vorgang:

»Billy hat sich erhoben!«

»Ach«, sagte Peter, »Leo konnte in jungen Jahren Katzen auch nicht ertragen, das gibt sich im Alter.«

Da liegst du aber schief, dachte Billy, denn erstens bin ich nicht alt und werde es auch nicht, und zweitens lehne ich Vergleiche mit diesem Leo, der mein Vater sein soll, entschieden ab. Mein Verhältnis zu Katzen bleibt, wie es ist, und was auf dieser Reise nach Spanien geschieht, das wollen wir doch erst einmal sehen ...

»Leber ist dort im Süden nicht teuer, auf spanisch heißt sie *hígado*«, erklärte der Besucher aus Frankfurt.

Marta notierte sich das Wort. Markart stand auf und kam mit einem Atlas zurück. Gemeinsam betrachteten sie die Gegend.

»Wir haben immer in Italien oder Jugoslawien Urlaub gemacht, in Spanien waren wir nie ...«

Billy legte sich nieder. Das wußte er ja nun. Es freute ihn, daß sie ein neues Land bereisen würden, da würde er ihnen zeigen können, wie schnell er sich einzugewöhnen verstand.

Marta tippte mit dem Finger auf eine Stelle im Atlas: »Und hier läßt sich's gut schwimmen?«

»Aber ja doch, sehr schöner Sandstrand«, sagte Peter. »Leider macht Leo sich nichts aus Wasser, der zuckt vor jeder Regenpfütze zurück.«

Das hörte der Lord mit innerer Befriedigung. Wieder ein Beweis, daß er nicht von diesem Leo abstammen konnte. Billy liebte Wasser über alles.

»Billy steigt in jeden Bach, Tümpel oder Teich«, erzählte Marta, »so schnell können wir gar nicht gucken, wie er da drin ist. Markart hat immer Angst, wenn der Hund sich zu hastig in ein Gewässer stürzt, dieser Irre könnte eines Tages einen Hitzschlag erleiden. Er müsse doch mal lernen, sich langsam abzukühlen ...«

Die drei Menschen redeten und redeten, und Billy war ganz sicher, daß er schon alles richtig machen würde, wenn sie ihn nur ließen.

DER LORD REIST PER WOHNMOBIL NACH SPANIEN

Anfang Mai also ist es soweit. Das Wohnmobil parkt auf dem Platz dicht am Haus, tagsüber wird alles Nötige darin verstaut, am nächsten Morgen soll es sehr früh losgehen, hinunter nach Frankfurt, wo Jürgen, der Spanisch- und Spanien-Kenner, abgeholt werden soll. Die Fahrt von siebenhundert Metern Höhe hinab ins Maintal bringt die ersten Überraschungen. Mit dem Wagen setzt sich allerhand in Bewegung. Die Schnappverschlüsse der hochgelegenen Schrankfächer öffnen sich in den Kurven und Kehren; was drinnen ist, purzelt wild heraus und auf den Boden, wo Billy sich niedergelassen hat. Der verläßt beleidigt seinen Platz. Mit Gegenständen bewerfen läßt er sich nicht.

Marta hat ein paar Kilometer Heftpflaster eingepackt, für alle Fälle, damit sichert sie nun die sich selbsttätig öffnenden Türen, nachdem sie hastig wieder eingeräumt hat, was von oben heruntergefallen ist. Ein paar Teller und Tassen sind zu Bruch gegangen, Scherben bringen Glück, sagt sich die Frau zum Trost.

Wahrscheinlich denken die Konstrukteure der Wohnmobile nur an pfeilgrade Strecken im Flachland, überlegt Marta, Gebirgsstraßen kalkulieren sie nicht ein. Ihr schwant, es würde noch manches Unerwartete geschehen.

Markart ist von dem ungewohnten Auto völlig in Anspruch genommen, ihn beschäftigen die nicht eben leichtgängige Schaltung und das fremde Fahrgefühl. Was in dem »hintren Wagenteil« vorgeht, ist ihm da ziemlich egal. Im Geruckel und Gezuckel denkt Marta ein bißchen an die »schwäbsche Eisebahne«, auch wenn sie keine Geiß anzubinden, sondern nur Hund und Katze zu betreuen hat.

Die räumliche Nähe zum liebsten Objekt seiner Eifersucht, der grauen Kätzin, inspiriert Billy zu den außergewöhnlichsten Ideen. Vielleicht könnte er den Fall hier und jetzt, ein für alle Mal, bereinigen.

Als sie starteten, hatte Marta die Katze auf dem Schoß gehalten, Billy saß dicht dabei auf dem Boden und beobachtete die beiden argusäugig. Als ringsherum das unliebsame »Sesam, öffne dich« begann, verwahrte die Frau ihr Schoßtier eilig in dessen Reisekorb und klebte hastig die Schranktüren zu, wobei sie sich notgedrungen von den zwei Vierbeinern entfernte.

Der Chow wittert seine Chance. Eifrig versucht er, den Katzenkorb vom festmontierten Tisch auf den Boden zu schubsen. Durch die vergitterte Tür kann er nicht ins Korbinnere, aber wenn er das Ganze erst mal unten und zwischen Pfoten und Zähnen hätte – über den Jordan würde er diese Isabella schicken.

Leider kehrt Marta von ihrem Klebegang zurück, unterbricht seinen Feldzug, beruhigt die fauchende Isabella und zischt Billy zu, er solle sich benehmen. Markart schimpft von vorn:

»Was ist denn da hinten los, zum Donnerwetter!«

Sofort markiert der Lord das bravste Geschöpf auf der ganzen weiten Welt. Dafür fängt die Kätzin, nun wieder auf Martas Schoß, aus Leibeskräften zu heulen an. Motorengeräusch hat sie noch nie gemocht, ihr schmerzen die Ohren, und deshalb brüllt sie. Noch keine zwanzig Minuten ist die Karawane unterwegs, und schon ist Marta ganz durcheinander, das kann ja eine heitere Ferienfahrt werden.

In Frankfurt entspannt sich die Lage. Sie haben Jürgen eingesammelt, den kundigen Begleiter in den Süden, der setzt sich auf den Beifahrerplatz, das alarmiert Billy und lenkt ihn von der Katze ab. Zwar kennt er Jürgen, weil er sie in Oberreifenberg besucht hat, doch seine Nähe zu Markart kann der Chow nicht hinnehmen. Wer seinem Markart so dicht auf die Pelle rückt, verdient Mißtrauen.

In den folgenden Stunden behält Billy den Beifahrer streng im Auge, dann tauschen die beiden Männer die Plätze. Jürgen lenkt das »Lego-Auto«. So hat Marta das Wohnmobil genannt. Es ist mehr hoch als breit und sieht aus wie die Fahrzeuge, die Kinder aus Plastikbauteilen zusammenstecken.

Mittags gibt es die erste Rast. Marta hat noch daheim

einen großen Topf Rindergulasch zubereitet, den braucht man nur aufzuwärmen.

»Du hast die Kartoffeln gleich in den Gulasch geschnitten«, merkt Jürgen an, als serviert ist, »sehr originell!«

Der studierte Soziologe mit fehlender Anstellungsaussicht, ein Schicksal, das er mit vielen seiner Kommilitonen teilt, erweist sich als Feinschmecker, auch als begabter Koch, wie Seyppels in den nächsten Wochen feststellen. Marta hört Kritik an dem Verfahren heraus und erklärt: »Daheim ist das bei uns nicht üblich, doch ich wollte unterwegs nicht gleich mit mehreren Töpfen loslegen. Ich kenne den Herd und die Garzeiten nicht, mir lag daran, daß die fahrenden Schwerstarbeiter schnell was zu essen kriegen.«

ABENTEUER DER LANDSTRASSE

Die gemischte Mensch- und Tiergesellschaft ist inzwischen schon nach Frankreich vorgedrungen, vielleicht hatte sich Jürgen eine Offenbarung der Nouvelle cousine erhofft.

Es ist früher Nachmittag, um diese Zeit ist Billy noch nicht hungrig. Er versucht, während die drei Zweibeiner durch ihre Mahlzeit abgelenkt sind, Klimmzüge in das obere Bett. Über der Fahrerkabine gibt es eine Schlafgelegenheit, dort hat Marta die Katze hingesetzt, abgesichert durch eine Styroporplatte, in die Gucklöcher für Isabella geschnitten sind.

Es ärgert den Chow, daß seine ungeliebte Reisegefährtin dort oben thront. Er riecht, sieht und hört sie, kann jedoch nicht hinauf. Der Widerspruch zwischen äußerster Nähe und Unerreichbarkeit läßt ihn tief aufseufzen. Dauernd passieren merkwürdige Dinge.

Vorhin, zu Beginn der Rast, hat Markart den Lord zum Pinkeln spazierengeführt. Verblüfft beobachtet Billy, daß Marta mit der Katze an der Leine ebenfalls in der Umgebung des Standplatzes herumläuft. Da hört sich doch alles auf. Jetzt haben sie dieser Isabella auch ein Leibgeschirr verpaßt, nur viel kleiner als das von Billy, und die winzige Leine daran erscheint ihm wie ein Spielzeug. Was soll das sein, wollen sie sich über ihn lustig machen? Mit Genugtuung nimmt der Hund wahr, daß die Katze viel zu blöde ist zum richtigen Laufen am Gängelband. Sie wirft sich auf den Rücken, hascht nach der Leine; die Frau kann ihr noch so gut zureden, Isabella begreift nicht, was von ihr erwartet wird.

Der Lord ist schon seit langem der Meinung, daß es mit der kätzischen Intelligenz nicht weit her ist. An der Leine gehen kann ja selbst ein Vollidiot von Hund. Die Kätzin wälzt sich immer noch auf dem Boden, und daran, daß sie ihre Blase leert, ist überhaupt nicht zu denken. Der Chow sieht in ihrem Verhalten einen neuen Beweis für die in einem Katzenkopf herrschende absolute Leere. Nun nimmt Marta das widerspenstige Tier auf den Arm, klettert in den Wagen zurück und setzt Isabella ins Katzenklo.

Typisch, auf Billys empfindliche Nase wird nicht die geringste Rücksicht genommen. Auch wenn sie dann die benutzte Streu wechseln, ihn belästigt der Gestank. Macht er seine Geschäfte vielleicht in diesem komischen rollenden Wohnzimmer, wo auch noch die Küche dabei ist? Da möchte er Seyppels aber mal schreien hören, von wegen Hygiene und so, doch diese Schwachsinnige darf es. Und das alles in seinem *Wohnmobilly*.

Unzufrieden läßt der Hund von seinen Kletterversuchen ab, es ist sinnlos, das hohe Bett mit seinem verlokkenden Inhalt wird er nie erreichen. Aber noch ist nichts verloren, und irgendwann wird ihm Isabella bestimmt wieder greifbar werden.

Vorm Weiterfahren dreht Marta noch eine Runde mit ihm. Billy läuft gleichsam Hohe Schule in seinem Geschirr, macht sein Häufchen und zeigt, daß er ein überaus vernünftig handelndes Geschöpf ist, an dem die Menschen ihre reine Freude haben können.

Um Mitternacht parken sie ihre mobile Wohn-, Koch- und Schlafgelegenheit auf einem großen LKW-Standplatz. Wasser in der Nähe, Waschgelegenheit und Stehtoiletten, wie landesüblich. Darüber wundert Billy sich sehr. Mit Marta unternimmt er gegen sechs Uhr den ersten Morgenausflug, die beiden Männer, erschöpft von der langen Strecke, schlafen noch. Natürlich kennt der Hund Klosetts, aber da setzen sich die Menschen sonst immer hin; es sieht schon sehr sonderbar aus, daß die Frau beim Pinkeln steht, fast so, als wäre er es selbst. Vielleicht verwandeln sich die Seyppels auf dieser Reise in Hunde. Er hält das ganze Gewese daheim mit Porzellanschüssel und Klobrille schon lange für überflüssig, die ausländische Methode findet er viel natürlicher und praktischer.

Überhaupt ist der Lord von der Reise recht angetan, denn er lernt dauernd neue Gebiete und Menschen kennen. Nachdem Marta sich unterm Wasserhahn gewaschen hat, strebt der Hund zurück zum LKW-Parkplatz und begrüßt dort reihum die Fahrer. All die Männer, für

Geld unterwegs, sind Frühaufsteher und stets in Eile. Doch die Zeit, den Chow freundlich zu tätscheln, nimmt sich fast jeder.

Je südlicher sie kommen, desto seltener treffen sie Vertreter seiner Rasse. Billy wird immer besonderer. Das genießt er.

Einer der Trucker, sein Transporter ist aus Nürnberg, steht neben dem Führerhaus und frühstückt, auch er wird ausgiebig beschnüffelt.

»Richtige Hunde sind das ja eigentlich nicht«, sinniert der Mann, sein Schinkenbrot kauend. Teils, weil er den Mund voll hat, teils, weil er Bayrisch spricht, meint Marta, sie habe nicht richtig verstanden.

»Wie bitte?« fragt sie.

»Ich mein', diese Viecherl benehmen sich eher wie Menschen«, bekräftigt der Nürnberger. »Sehn S', unser Nachbar dahoam hat auch einen solchenen, und mei Frau und ich, wir hatten einen Dackel.«

Weil Marta ziemlich angestrengt lauscht, bemüht sich der Bayer, hochdeutsch zu sprechen:

»Nachdem sich der Chow von nebenan das lange durch'n Kopf hat gehn loassen, war er dann mit unserem Waldi richtig guat dran, sogar spazierengegangen sans mitsammen. Vor ein paar Wochen ist unser Dackel arg krank worden und gestorben – seitdem schaut uns der Chow gar nimmer an, keinen Blick hat er übrig für mei Frau oder mich. Als ob er uns strafen wollt' für das, daß der Waldi tot ist, dabei san mir selber am traurigsten drüber . . .«

Obwohl das keine lustige Geschichte ist, muß Marta ein wenig lächeln.

»Ja«, sagt sie, »so was brächte unser Billy auch fertig. Der bezieht alles auf sich und wittert immer gleich eine persönliche Beleidigung. Daß der Nachbar-Chow Ihren Dackel gern mochte und der nun nicht mehr da ist, das nimmt er Ihnen übel . . .«

MAJESTÄTSBELEIDIGUNG

Beim Frühstück erzählt Marta die Chow-Story.

»Diese Frau kann sein, wo sie will, sie erfährt immer merkwürdige Tiergeschichten, egal, ob über Hund oder Katze«, spottet Markart.

»Dir geht's doch ähnlich«, kontert Marta, »die Viecher sind nun mal kommunikationsfördernd, im Guten wie im Bösen . . .«

»Im Bösen?« fragt der soziologisch gebildete Jürgen, der aufs Stichwort Kommunikation anspringt.

»Stell dir vor«, erzählt die Frau, »neulich ist Markart in Oberreifenberg mit Billy über den großen Parkplatz spaziert, und da steigt aus einem Wagen eine Ausflüglerin mit Pudeldame. Unser Rüde natürlich gleich schweifwedelnd und begeistert hin, da wagt doch diese Frau zu sagen: ›Chows mögen wir nicht, die sind uns zu dumm!‹«

»Majestätsbeleidigung für euren Hund, ganz klar«, sagt Jürgen.

»Glaub mir«, fährt Marta fort, »selbst der blutigste Verriß eines seiner Bücher hat Markart nicht so aufgebracht wie diese abfällige Bemerkung. Da wäre dieser ruhige, besonnene Mann in Verteidigung seines Hundes beinahe tätlich geworden!«

Der »ruhige, besonnene« Markart bestreicht sich eine knackig zarte Brioche mit Butter und verzehrt sie äußerlich ungerührt. Das frische Gebäck hat der umtriebige Jürgen von irgendwoher zur Morgenmahlzeit gezaubert – vermutlich stand am Parkplatz oder an der Tankstelle ein Kiosk. Der Reisebegleiter ist ein kulinarischer Spürhund, das soll sich auch später in Spanien zeigen.

Ihm sind die tierischen Verwicklungen der Seyppels nicht recht nachvollziehbar, den Chow-Kult belächelt er, despektierlich nennt er Billy zum Beispiel »Wollnudel«!

Wollnudel für ihren Löwen finden Billys Menschen hart an der Grenze.

Dann sind sie wirklich an der Grenze zu Spanien, die Uniformierten dort sehen martialisch aus. Marta sagt sich dauernd zur Beruhigung, das sei nicht mehr Francos Land – zu dessen Zeiten hatten sie die Gegend strikt gemieden.

Zwei Zollbeamte steigen zur Inspektion in den Wagen. Vom Tisch her zischt es, einer der Kontrolleure zuckt erschrocken zusammen. Da war aber keine Schlange im Korb, sondern nur die Katze, der die Fremden nicht behagten, weshalb sie erstaunliche Laute hervorbrachte. Ohne sich weiter umzuschauen, verlassen die Männer eilig das Wohnmobil.

»Das ging ja schnell«, sagt Marta, »wir hätten sonst was mit rübernehmen können. Wobei ich nicht die geringste Ahnung habe, was sich hier zu schmuggeln lohnte.«

Sie redet ihrer zischenden Katzenschlange gut zu und nimmt sie wieder auf den Schoß. Die drei Männer, Billy dazugerechnet, sind im Vorderteil des Wagens, einer fährt, und zwei passen auf.

Seit sie die Autobahn verlassen haben, zeigt sich, daß die Federung des Wohnmobils nicht gerade komfortabel ist. Jede Unebenheit der Straße staucht die Wirbelsäule. Am zweiten Tag fühlt sich Marta, als hätte sie stundenlang in gebückter Haltung schwer gearbeitet.

Jetzt sind sie schon in Bilbao, und von da aus soll es nicht mehr weit sein bis Santander und bis zu ihrem dicht dabei liegenden Zielort. An einer genauen Beschreibung hat es Peter Nemetz nicht fehlen lassen; was er nicht bedachte, ist die Besonderheit ihres Transportmittels. Es gibt da extrem idyllische Wege in der ländlichen Ortschaft, zwischen Hecken links und wunderschönen Natursteinmäuerchen rechts. Mitunter sind die Sträßchen beidseitig von Feldsteinkunstwerken eingerahmt. Mitten hindurch muß das ungewöhnlich ausladende Wohnmobil gesteuert werden. Zentimeterarbeit ist verlangt. Die beiden Männer wechseln sich in kürzeren Zeiträumen ab, die Fahrerei bedeutet Knochenmühle und Nervenverschleiß.

EIN FREMDES TIER WIRD ENTDECKT

Die Landschaft ringsum verlockt die Wohnmobilisten zu einer Pause, der Ausblick scheint ihnen unwiderstehlich. Sie schauen in die Runde und vertreten sich die Füße. Seyppels sind erleichtert, daß der Chow seine Pfoten noch gebrauchen kann. Während der letzten Kilometer über holprige Straßen ist er dauernd auf die Schnauze gefallen. Der Bodenbelag im Wagenmittelgang ist glatt, rechnet man die Erschütterungen von unten und allen Seiten dazu, kann der Hund mit seinen »Pumps-Füßen« – wie Marta sie nennt – keinen festen Tritt fassen und rutscht bei jedem Schritt aus, unsicher beim Laufen wie eine Dame auf hohen Hacken.

Andererseits ist es dem Lord zu öde, dauernd auf einem Platz zu liegen, und so versucht er immer von neuem seine wackligen Zehengänge über schwankendem Grund.

Marta hat ihm seinen griechischen Hirtenteppich auf dem Kunststoffboden ausgebreitet, da gleitet der Chow samt Flokati durchs Wohmobil. Es ist sehr heiter – nein, das ist es nicht. Billys zweite Kreuzbandoperation liegt nicht lange zurück, sein Hinterlauf muß geschont werden, übermäßige Belastung kann ihm schaden. Auf – nieder – auf – nieder wie beim Militär ist nicht die richtige Übung für den Rekonvaleszenten.

Bei der letzten Rast zeigt sich, daß der Hund auf dem reparierten Bein leicht humpelt, doch jetzt erblickt er etwas auf einer Wiese, das ihn alle Behinderung sofort vergessen läßt. Er fällt in gestreckten Galopp, um genau zu untersuchen, was dort steht: Der Chow erblickt den ersten Ziegenbock seines Lebens, und seine Verwunderung ist so komplett wie unübersehbar. Das ganze Tier ist ein einziges Fragezeichen.

Ein Hund mit Hörnern? Billy geht so nahe wie möglich an das etwas größere und ungeheuer stark riechende Wesen heran – was, zum Teufel, ist das? Sehen hier in Spanien etwa die Hunde so aus – und, vor allem, duften sie dermaßen ausgeprägt?

Dann bringt dieses gehörnte Geschöpf einen Ton heraus, also Bellen ist das jedenfalls nicht, Billy zweifelt jetzt deutlich an der Artgenossenschaft.

Er kennt sich sonst ganz gut aus in der Tierwelt. Mit Kühen weiß er Bescheid, mit Schafen und Pferden. Einer zum Glück sehr sanftmütigen Stute auf der Wiese vor seinem Garten hat er mal ans Hinterbein gepinkelt, die Frechheit wurde nicht mit einem Huftritt bestraft.

Ob er jetzt versuchen soll, dieses sonderbare spanische Meckerwesen durch einen kräftigen Urinstrahl zu markieren und den starken Bocksgeruch zu überdecken? Allerdings, die spitzen Dinger auf dem Kopf des Ungekannten drohen Gefahren an, besser, man läßt es sein. Was also tun?

Weil er das Dilemma seines Hundes endlich bemerkt, bequemt Markart sich zu ein paar Erklärungen: »Das ist ein Ziegenbock, Billy, der stört dich überhaupt nicht. Er ist kein Rivale für dich und kein Feind, wenn du ihn schön in Ruhe läßt. Kein Rüde, kein Hund, Billy, kein Hund!«

Schließlich wendet der Lord dem Nicht-Hund seinen Rücken zu. Es gibt so viele andere Dinge zu entdecken. Ein Bach sprudelt in der Nähe, der durstige Weltreisende kühlt sich Pfoten und Bauch, dann beginnt er sich zu laben.

Ah, das ist trinkbar; Billy fängt an, sich in der Fremde wohl zu fühlen, gutes Wasser gibt's hier jedenfalls. In den Pausen zwischen dem Saufen dringen Laute aus seiner Kehle, die man mit etwas Phantasie als »Ergo bibamus« verstehen könnte. Das alte Studententrinklied ist angemessen, sind nicht Billy, Markart und Marta auf Studienreise in Spanien? Also dann mal los, das ganze weite Land ist ihre Universität.

DIE GROSSE VERWEIGERUNG

»Ein Schloß, ein kleines spanisches Schloß«, schwärmt Marta, als sie durch das hölzerne Tor gegangen sind und die weißgekalkte, balkongezierte Fassade hochblicken.

»Eine annehmbare Hütte«, versachlicht Markart.

Jürgen sucht draußen im Schatten der hohen umlaufenden Feldsteinmauer einen Abstellplatz fürs Wohnmobil, das nicht durch die schmale Einfahrt paßt. Dann kommt er nach, und sie beschließen, vor dem Auspacken erst mal Kaffee zu kochen. Den trinken sie im gefliesten, angenehm kühlen Patio. Marta hat zuvor nach einem Asyl für ihre Katze gesucht und einen hellen, freundlichen Raum im ersten Stock gewählt. Dort steht ein breites, bequemes Bett mit handgewebter Leinendecke. Essen, Wasser und Toilette für die muntere Katzengreisin werden hingestellt. Bedenkt man ihre fünfzehn Jahre, hat sie die Riesenreise gut überstanden, ungeachtet der verschiedenen Chow-Chow-Attacken. Marta schließt die grünen Holzläden vorm Balkon bis auf einen schmalen Spalt, fürs erste soll sich Isabella mit dem Zimmer vertraut machen.

Der Hund durchschnüffelt den weiträumigen Garten sowie die untere Etage des Hauses und stößt überall auf die Spuren seines Vaters Leo. Vor nicht allzulanger Zeit sind Peter und Helen mit ihrem Chow hiergewesen. Sohn Billy zieht sofort die Konsequenzen: Das ist nicht mein Revier! Von der ersten Stunde an weigert er sich, Verantwortung für Gebäude und Garten zu übernehmen. Wenn's hier überall nach Leo riecht, dann soll der auch aufpassen.

Seyppels wundern sich über ihren Wachdienstverweigerer, der jeden Besucher frei passieren läßt, ein Monument der Gleichgültigkeit, seine Alarmanlage hat er abgestellt, von der Sorge um dieses »Vaterhaus« ist der Sohn nicht im geringsten betroffen. Biskaya, schön und gut, doch Leo soll vom Main her »Fernwache« halten. Schließlich gibt es »Fernwärme«, »Fernheilung«, früher hat es auch mal »Ferntrauungen« gegeben, aber das war im Krieg und lange vor Billys Zeit.

»Der Hund ist voll auf Urlaubskurs gegangen und will sich von seiner Aufpasseraufgabe ganz freistellen, um durch und durch zu relaxen«, sagt Marta.

Während Seyppels die verschiedenen Theorien erörtern, sind sie samt Jürgen und dem Lord noch mal ins Wohnmobil gestiegen und losgefahren, um im Dorf einzukaufen. Dabei zeigt sich: Der Hund hat seine Schutzinstinkte umgelenkt. Er betrachtet das Haus auf vier Rädern als neues Revier, das er verteidigt wie das heimische Anwesen in Oberreifenberg, denn absolute Ferien gibt es nicht für einen anständigen Hund, er hat immer Arbeit, bloß richtet er sich die ein, wie und wo sie ihm paßt.

EROBERUNG EINER FREMDEN SPRACHE

In den nächsten Tagen erledigten sie kleinere Einkäufe zu Fuß, denn mit dem rollenden Wohnzimmer wurde jede kurze Fahrt zur Staatsaktion, wendig war der Wagen nicht gerade. Außerdem brauchte Billy Bewegung, Spanien mußte per Nase erkundet werden. Schwierig war nur: Es liefen so viele Hunde ohne Menschen rum, Vierbeiner aller Rassen und Mischungen ohne die geringste Aufsicht.

Einen Rüden, der ungescheut auf ihn zustürzt, kann Billy leicht in die falsche Kehle kriegen, seine Toleranzschwelle ist niederiger als die von Leo. Der spaziert, wie sie von den Dorfbewohnern erfuhren, während seiner Ferienaufenthalte ganz allein durch den Ort, umgeht die Geschlechtsgenossen und läßt sich um so inniger mit den Hündinnen ein. Die Folgen waren überall zu besichtigen. Es gab die schönsten Mixturen mit verschieden starken Anteilen von Chow-Chow.

Dieses Vergnügen mußten die Seyppels ihrem Lord verwehren. Wenn der allein einen Zug durch die Gemeinde gemacht hätte, wären die Konsequenzen nicht abzusehen gewesen. Billy war ein Greenhorn in Spanien. Seine Temperamentsausbrüche sind unberechenbar. Verglichen mit dem Sohn, ist Leo reifer und ruhiger. Was immer der Vater anstellt, rings um die Nemetz-Behausung, für ihn ist das eine Art Heimspiel, seit Jahren kommt er nun schon für lange Monate hierher, die Einheimischen haben nebenher ein Auge auf ihn, lauter Voraussetzungen, an denen es Billy mangelte.

Weil er nicht ahnte, was ihm entging, litt Billy auch nicht an der Leine, fand alles hochinteressant, nahm großmütig hin, daß ihm mehrere ortsansässige Artgenossen dicht auf den dicken Pelz rückten. Wenn sich eine kleine Beißerei anzubahnen schien, griffen seine drei Menschen sachte ordnend ein. Nur Marta wurde es unbehaglich, als sie allein mit Billy vom Telefonieren aus dem Gasthaus zurückkam und sich ein Begleitzug von gut einem Dutzend Hunde ansammelte. Die Massen irritierten Chow und Frau. Dann fiel ihr ein, was sie von Jürgen schon auf der langen Herreise erfragt hatte: Die angemessene Entsprechung für das deutsche »Geh nach Hause!« – »Geh weg!« lautete: *Vete – vete!* Sie rief es, wenn sich die neugierige Dorfhundeschaft zu eng um den Besucher schloß, und es wirkte. Vermutlich machte auch der Ton die Musik. Besser scharfe Worte als scharfe Zähne.

Marta nahm sich vor, wenn sie ohne Billy durchs Dorf ginge, den unfreundlichen Befehl durch besondere Liebenswürdigkeit gegenüber eingeborenen Vierbeinern wettzumachen. Statt *Vete!* also: »Komm her, guter Hund!« Das mußte sie noch in ihren winzigen spanischen Sprachschatz aufnehmen. Im Wörterbuch hatte sie die speziellen kynologischen Umgangsformeln nicht gefunden, das war mehr auf Verständigung unter Menschen ausgerichtet, aber Jürgen würde Rat wissen.

Beim Blättern im Lexikon waren ihr ein paar vorzügliche zusätzliche Namen für Billy begegnet, *feroz* zum Beispiel, das bedeutete »wild, unbändig«. Sehr lautmalerisch und schwungvoll klang auch *desatado* – das hieß »ungebunden, zügellos«.

Logisch war das zwar nicht, wo doch Billy für seine Verhältnisse geradezu überirdisch brav an der Leine ging, doch *desatado* hörte sich phantastisch an, bei Bedarf mußte man unbedingt darauf zurückkommen.

Vertraute Saiten bei den Nachbarn schlugen Seyppels an, wenn sie in den nächsten Tagen nach ihrer Katze riefen. »Isabella« klingt für spanische Ohren sehr anheimelnd, zwei junge Frauen aus der näheren Umgebung trugen diesen Vornamen, für Katzen war er dort nicht gebräuchlich. Es gab Gelächter, als sich herausstellte, wen diese Deutschen mit »Isabella! Isabella!« meinten.

KATZE INTERNATIONAL

Seyppels Kätzin hatte nach zwei Tagen die Gegend um das Nemetz-Haus für sich erschlossen. Obwohl Marta sie oft besuchte, wurde es ihr im Zimmer zu langweilig. In der Nacht stahl sich die abenteuerlustige Isabella von Martas Seite fort, quetschte sich durch den schmalen Holzladenspalt und sprang vom Balkon. Die Frau erschrak, als sie den Weg der Ausreißerin rekonstruierte, im würdigen Alter von fünfzehn Jahren ist ein Sprung aus dieser Höhe nicht ungefährlich.

Am Spätnachmittag kehrte Isabella von ihrer Expedition zurück, Lord Billy im Garten klug umgehend. Sie war zufrieden und hungrig, futterte wie in den besten Jugendtagen, schlief bis zum Dunkelwerden und bedeutete Marta, daß sie nun unbedingt wieder hinaus müsse ins spanische Nachtleben.

»Wenn du sowieso stiften gehst, kann ich dich auch gleich in den Garten bringen«, seufzte die Frau. Das vergnügungssüchtige Tier hatte seine losen Oberreifenberger Gewohnheiten mit ins Ausland gebracht, abends strebte es ins Freie. Auf der Mauer um das Grundstück warteten schon mehrere spanische Kater. Verständigungsschwierigkeiten gab es nicht, *Miau* ist international, Katzen sind polyglott.

Im Dorf nimmt Billy bei seinen Promenaden würdig die Parade ab. Die Bewohner bleiben stehen und fragen verwirrt: »Leo?« Ihren Mienen ist abzulesen, wie sie Vergleiche ziehen. Farbe und Gesicht stimmen, doch wie kann der Nemetz-Hund plötzlich gut ein Drittel größer geworden sein? Das Tier war doch ausgewachsen.

Jürgen erklärt die Genealogie fließend in der Landessprache. Wenn Marta und Markart allein mit dem Verwunderungs-Erreger unterwegs sind, bemühen sie sich um Klarstellung: *»Leo es el padre – Billy es el descendiente«* – der »Nachkomme« lauscht eifrig den fremden Worten. Er merkt, daß von ihm gesprochen wird, und genießt es. Aus einem unverständlichen Grund vergessen Seyppels immer wieder die Übersetzung für »Sohn«, das viel schwierigere Wort *descendiente* dagegen hat es ihnen angetan. Später merken sie sich endlich: Sohn heißt *hijo*.

Die Verwandtschaft ist nur rings um das Nemetz-Anwesen von Belang, in Santander weisen die Kinder mit Fingern auf Billy und rufen laut: *»León!«* Der nun auch verbal zum Löwen mutierte Besucher wächst vor Stolz noch höher und beschnüffelt freundlich die Jungen und Mädchen, wie er es auch daheim hält. Seine Kinderliebe ist international, Verständigungsprobleme hat er ebensowenig wie Isabella; ein liebenswürdiges Schweifwedeln wird überall verstanden, und wenn er dann noch mit seiner blauen Zunge in Aktion geht und die entgegengestreckten Hände ein bißchen ableckt, ist die Verbrüderung allgemein. Zwischen dem chinesischen Hund aus Deutschland und den jungen Spanien-Einwohnern ist der Weltfrieden intakt.

Weniger harmonisch verlaufen die ersten Einkaufsversuche. Das laut Peter Nemetz überaus preiswerte Rinderherz für den Chow ist entweder gar nicht zu haben oder kostet viel mehr als im Hochtaunus. Wenn Marta dann nach anderem *carne de vaca* fragt, irgendwelchem Rindfleisch, traut der Metzger seinen Ohren nicht: *»Para el perro?«* fragt er erschrocken: »Für den Hund?«

Billy verlangt keine großen Mengen, eine Mahlzeit pro Tag, doch was er ißt, mußt gut sein. Seine Verpflegung stellt sich als kompliziert heraus, im Unterschied zu der Isabellas. Die Katze flippt aus vor Begeisterung, weil es in diesem Land so herrlich frischen Fisch gibt. Die Nähe des Meeres und die Fischer, die direkt in die Küche liefern, lassen die Kätzin aus vollem Herzen und vollem Magen für Spanien optieren. Eine reiche Verehrerschar versammelt sich Abend für Abend um sie. Bis jetzt hat keiner der Kater Klage darüber geführt, daß die Katze aus Deutschland sterilisiert ist, ihre Anziehungskraft scheint ungebrochen. Der Herbst des Lebens beschert Isabella einen Liebesfrühling.

Die Kraft seiner Lenden steht Billy voll zur Verfügung, doch mit knurrendem Magen fehlt ihm die materielle Grundlage für erotische Entfaltung. Markart ist eher froh, daß der Liebeshunger des Lords gedämpft ist; doch nach drei Tagen Fastenportionen verliert der Hund an Gewicht, und Marta sieht ihn schon bis aufs Skelett abgemagert vor sich. Auf Fisch ist Billy nicht umzustellen, den hat er noch nie gemocht. Endlich fällt ihnen Geflügel als Alternative ein.

Nun gibt's Huhn und Hundekuchen für den Chow; Hühner werden frisch angeboten, nicht in Plastik verpackt und nicht als Tiefkühlware. Das freut auch die Menschen. Jürgen hatte sich schon aufgeregt, weil Obst und Gemüse ganz wie zu Hause in Folie verkauft wurden. »Dieser Salat im Präservativ!« schimpfte der Hobbykoch, »Tomaten in Spanien und dann klarsichtverpackt, das ist doch pervers!«

Im Dorf hat sich herumgesprochen, daß im Nemetz-Haus Besucher aus der Bundesrepublik angekommen sind. Jetzt erhalten die Gäste eine Menge Produkte direkt vom Erzeuger zur Auswahl. Neben Fisch auch Obst und Gemüse, vor allem Eier und Milch. Die Verkäufer geben sich die Klinke in die Hand, sie rücken durch die kleine Eingangspforte im großen doppelflügeligen Holztor an. Billy, der sogenannte Wachhund, läßt alle Leute vorbei, ohne anzuschlagen – das hat sich für ihn ein für alle Mal erledigt in Leos Besitztum. Billy denkt: Ich mache hier nur Ferien.

Nachmittags fahren Seyppels los, um dem Lord die Landschaft zu zeigen. Das Meer, stellt sich zu Martas Enttäuschung heraus, ist an die zwanzig Kilometer entfernt, zumindest der Sandstrand mit Bademöglichkeit. Schneller zu erreichen ist eine landschaftliche Delikatesse: Biskaya mit Steilküste, fürs Auge ein Fest. Hoch aufschäumende Wellen, die sich an Felsbarrieren brechen, ein ästhetischer Genuß. Billy ist fasziniert von dem, was sich da zu seinen Pfoten abspielt, eine ganz neue Art von Bewegung. Er steckt den Kopf durch das Geländer, das die Betrachter der brodelnden Gischt vor Stürzen in die Tiefe bewahren soll, und ist von seinem Logenplatz nicht mehr wegzubringen. »Das Naturwesen angesichts der Naturgewalten!« kommentiert Marta. Sie leinen ihren verzauberten Hund sicher an und setzen sich auf eine Aussichtsbank. Der Chow-Chow schaut. Nach einer halben Stunde wird es den Seyppels zuviel mit der kochenden See, und sie wollen weiter. Der

Hund weigert sich, in den Wagen zu steigen. Er will mehr Meer. Biskaya-Billy möchte dableiben.

»Also gut«, sagt Markart laut, »dann fahren Marta und ich allein nach Hause zu Isabella!«

Im Moment erwartet der Chow wahrscheinlich Meerkatzen, denn nicht mal der Name seiner Intimfeindin wirkt. Der Hund verharrt, den Blick nur ab und an zum Horizont hebend, wo Meer und Himmel eine ferne Linie bilden, dann beobachtet er wieder die Wellen, wie sie sich schäumend und donnernd an den Felsen brechen.

Es hat ihn gepackt.

»Ein Fall von Wassersucht!« diagnostiziert Marta und steigt zu Markart in den Wagen. Keine Reaktion beim Lord. Der Mann läßt den Wagen an, Billy fühlt sich nicht mal zum Umdrehen bemüßigt. Sie fahren ein Stück die Straße entlang, die einen Bogen macht. Selbst wenn er hinsähe, könnte der Hund sie jetzt nicht mehr erblicken.

Markart lenkt das Wohnmobil in einen kleinen Seitenweg und parkt. Die beiden Seyppels steigen aus und schleichen zurück zu ihrem »Seehund«, der seine Menschen offenbar völlig vergessen hat. »Das ist noch nie passiert«, flüstert Marta, »er läßt uns im Auto wegfahren?«

»Einmal hat er schon etwas Ähnliches gemacht«, berichtigt Markart mit gedämpfter Stimme. »Da wollte er nach dem Waldspaziergang nicht wieder einsteigen. In einer Schonung hatte Billy ein Reh gesehen. Prompt blieb er sitzen und wollte unbedingt warten, bis das Reh wieder vorbeikommt.«

Seippels sehen resignierend ein, mit Reh und See können sie nicht konkurrieren.

Lord Billy sitzt am Rand der Klippe, regungslos, ein Denkmal der ewigen Sehnsucht nach dem Meer.

Plötzlich dreht sich das Denkmal um, aber nicht nach Markart und Marta. Auf der Straße trotten zwei Esel entlang. Die Frau sieht genau hin: Doch Don Quichotte und Sancho Pansa sind nicht dabei, auch fehlt das Pferd Rosinante. Geführt werden die beiden Grautiere von einem halbwüchsigen Jungen. Billy spurtet so nahe heran, wie es seine lange Lederleine erlaubt. Verwunderung auf beiden Seiten. *»León!«* ruft der Junge und hängt ein fragendes *»Perro?«* dran. Dann folgen viele spanische Sätze, von denen Seyppels kein Wort verstehen.

Der Chow wedelt versuchsweise freundlich mit dem Schweif, und die unbekannten grauen Wesen stoßen einen Ruf aus, der tatsächlich wie »Iah, iah!« klingt.

Billy schickt einen Orientierungsblick in die Runde, dabei nimmt er endlich Markart wahr. Billy ist begeistert. Mit seinem ganzen Körper sucht er auszudrücken, daß er dem Mann sofort mitteilen will, welch exotische Geschöpfe er getroffen hat. Das Meer ist fürs erste vergessen, die Esel dicht vor ihm beanspruchen seine geschärfte Aufmerksamkeit.

Markart löst die Leine vom Steinpfosten und führt seinen Hund an die Grautiere heran. Vorsichtiges Beschnuppern, der Wissensdurst auf beiden Seiten wird befriedigt. Dann zieht der Junge mit seinem Duo weiter, und das deutsche Trio trottet Richtung Wohnmobil.

Für heute hat Billy genug von neuen Eindrücken, brav klettert er in den Wagen, streckt sich auf dem Boden aus und schläft unverzüglich ein.

JETZT WIRD ES ERNST

»Was hättet ihr denn getan, wenn die beiden Esel nicht vorbeigekommen wären; säße Billy dann immer noch an der Klippe?« fragt Jürgen, als Seyppels ins Haus treten.

Markart und Marta staunen, woher weiß Jürgen davon?

Sehr einfach, Paco und Pilar sind zufällig in der Nähe der Steilküste gewesen und haben die Szene beobachtet.

Paco, der Hausnachbar, ist Anarchist, sein Verständnis für eigenwilliges Verhalten deshalb hochentwikkelt. Daß man Hunde nicht zu etwas zwingt, was sie nicht wollen, ist ihm zwar nicht ganz so einsichtig wie bei Menschen, doch kennt er seit Jahren Peter Nemetz sehr gut und weiß, wie tolerant der mit seinem Leo umgeht.

»Billy wollte an der Biskaya bleiben«, hat er Jürgen erzählt und daß Markart und Marta zwar etwas beleidigt ausgesehen, den Chow aber nicht angeschnauzt hätten.

Pilar, Pacos Frau, hat gelacht. »Diese Deutschen mit ihrem Tierfimmel!«

Daß zwei spanische Esel die Harmonie in der drei Personen umfassenden Seyppel-Familie wiederhergestellt haben, erheitert das Ehepaar. Die Worte und Sätze fliegen so schnell hin und her, daß Jürgen mit dem Dolmetschen gar nicht nachkommt.

Markart und Marta nehmen sich fest vor, nicht nur das Land kennenzulernen, sondern auch die Sprache. Paco und Pilar wären ideale Trainings- und Ansprechpartner. Sie sind interessiert und interessant, liebenswert, witzig und voller Neugier. Da könnten sich ihre und Seyppels Absichten begegnen und einander ergänzen.

Anarchist Billy lauscht aufmerksam, was sein spanischer Bruder im Geiste, Paco, zu sagen hat, und weil in Pacos Rede öfter von Billy die Rede ist, deutet der Genannte ein Schwanzwedeln an. Es fällt nicht heftig aus, denn das wäre zuviel. Allerdings soll es auch nicht zu schwach sein. Billy kann in solchen Fällen genauestens die goldene Mitte halten.

Offenbar hat Billy inzwischen auch *perro,* das spanische Wort für Hund, in seinen passiven Sprachschatz aufgenommen, denn wenn Paco von *perro* spricht, reagiert Billy.

»Der Lord macht Fortschritte in Spanisch«, stellt Marta fest.

»Wir werden hierherziehen müssen«, sagt Markart. »Billy liebt Land und Leute, und Isabella ist schon in die Dorfgemeinschaft der Katzen aufgenommen...«

»Der Kater!« wirft Marta ein.

Jürgen schlußfolgert: »Das Diktat der Tiere. Erst kommen Hund und Katz, dann kommt ihr selber.«

Um zu zeigen, wie ernst es ihnen ist, machen sich Seyppels zum Nachbargrundstück auf, wo ein altes Haus langsam zerfällt, seit langen Jahren schon unbewohnt. Peter Nemetz hatte ihnen geraten, das Haus zu kaufen und zu erneuern. Die Besichtigung gestaltet sich schwierig. Das Tor ist verrammelt, die Umfriedungsmauer stellenweise eingebrochen, von Dickicht verwachsen, das ganze Gelände ein Dschungel-Biotop. Billy dringt als erster vor, wild verfolgt er Spuren in alle Richtungen. Mäuse, Hühner, Katzen, Hunde, Ziegen haben im verlassenen Land Asyl gesucht und gefunden. Billy meint, er befinde sich im Zoo, und da ihm seine Nase so viel Getier signalisiert, will er es auch aufstöbern. Doch die Asylanten sind unauffindbar.

Marta und Markart dringen ins Haus ein. Mitten im größten Raum, einem Trümmer-Museum, breitet Markart die Arme aus: »Das wird mein Arbeitszimmer!«

Sie tun so, als wohnten sie schon hier, denn sie gehören zu jenen Phantasten, die aus jeder angedeuteten Möglichkeit im Handumdrehen eine Wirklichkeit machen müssen, in Gedanken und Worten. Und bevor daraus die wirkliche Wirklichkeit wird, haben sie sich's schon hundertmal wieder ganz anders überlegt und ausgemalt.

Außerdem mußt erst noch der Fernsehfilm gedreht werden.

LÜGENFÄDEN UND CERVANTES

Darüber wurde bisher noch kein Wort verloren. Das sei nun nachgeholt. Die Reise nach Spanien war geplant worden, um Lord Billy etwas weltläufiger werden zu lassen. Der Chow sollte das Ausland kennenlernen. Reisen bildet. Schließlich reisten Herr Meier und Frau Müller Jahr für Jahr zum Urlaub in andere Länder, da konnte ein Lord Chow nicht nachstehen. Seyppels waren für Gleichberechtigung von Mensch und Tier.

Vor ihrer Abreise fragte ein Fernsehsender bei Markart an, ob er nicht einen kleinen Film drehen wollte. Markart wollte, und beim Vorgespräch verliebte sich der zuständige TV-Redakteur in Lord Billy.

Jetzt galt es als ausgemacht, der Film würde einen Hauptdarsteller haben: Billy. Der raffinierte Hund hatte es natürlich von vornherein darauf angelegt und sich taktisch klug und diplomatisch gerissen verhalten, indem er sich dem Redakteur gegenüber äußerst liebenswürdig zeigte. Der Fernsehmensch war ein Hundeliebhaber, vordem aber noch nicht mit Chows bekannt geworden. Billy entdeckte die Bildungslücke und füllte sie mit all seinen Sympathiekräften aus.

Ein Vertrag wurde abgeschlossen. Zwischen Billy und dem Fernsehsender. Stellvertretend für den Chow durfte Markart unterschreiben. Billy stand neben Markarts Schreibtisch und paßte auf, daß der Mensch alles richtig machte.

Natürlich spannen Markart und Marta die Geschichte so, wie die Spinnerin einen Faden spinnt. Die Fäden gehen dann auf den Webstuhl, wo sie miteinander verwoben werden. Markart nannte das: »Vom Lügenfaden zum Lügentuch!« Natürlich wußten sie, daß sie die ganze Geschichte, die sie erleben wollten, um sie zu erzählen, vorher erst erfinden mußten. Nur glaubten sie in der Tiefe ihrer Herzen an das Erfundene, Gesponnene, Gewebte. Wenn sie sich darüber unterhielten und dabei Billy im Auge behielten, waren sich Marta und Markart vollkommen sicher, daß sie über Billy genauso die reine Wahrheit und nichts als die Wahrheit aussagten, wie Cervantes, der spanische Ur-Epiker, die Wahrheit über Don Quichotte und Sancho Pansa sowie das Pferd Rosinante überliefert hatte. Die Reise nach Spanien bedeutete für sie Eintauchen in uralte spanische Abenteuer und Märchen, die sie vorher nur aus Büchern gekannt hatten. Billy aber sollte ihr Leithund sein, der sie führte und sie lehrte, die neue fremde Welt mit seinen Augen zu betrachten. Wobei ihre Devise war: Erfinde nichts, hole es heraus aus dem Inneren der Kreatur und ihrer Seele.

AUFTRITT DER FERNSEHMENSCHEN

Eines Tages kommt das Team durchs Tor. Die Fernsehleute aus Köln bleiben für die nächste Zeit immer um Seyppels herum, was Billy entzückt. Er betrachtet die fünf Männer als angenehmen Familienzuwachs, endlich kommt Leben in die Bude. Jeden Tag gibt es ein buntes Programm, und der Chow darf mitspielen.

Zuerst filmen sie noch mal »Ankunft«. Mit Sack und Pack klettern Seyppels ins Wohnmobil, um dann vor Kamera und Mikrofon auszusteigen. Das Nemetz-Haus, in dem sie ja nun schon eine Woche wohnen, wird für die Aufnahmen ganz frisch und neu entdeckt. Billy bringt das hervorragend. Er verhält sich ganz natürlich und läßt sich durch die Filmerei kein bißchen in seinen Instinkten irritieren. Blitzschnell hat er spitzgekriegt, daß Seyppels durch die Anweisungen von Kamera- und Tonmann abgelenkt sind.

Marta hält ihre Katze auf dem Arm, während sie im Hof stehen und Sätze sagen, die sie so ähnlich schon vor einer Woche gesagt haben. Zielbewußt arbeitet sich der Hund an die Frau heran und schnappt nach Isabellas Schwanz, der lang und schmal an Martas Seite herunterhängt. Ehe sich aber der Chow noch weiter an der Katze hocharbeiten kann, ist abgedreht.

»Schäm dich, Billy«, sagt die Frau, und der Hund schmiegt sich eng an Markarts Hosenbein, gibt sich so harmlos wie unschuldig.

Insgeheim lauert er auf die nächste Gelegenheit, an Isabella zu knabbern. Drinnen im Haus glückt es ihm beinahe, als sie Flur und Küche filmen, doch da bringt Marta ihre verdammte Katze nach oben ins Zimmer und in Sicherheit. Klar, Isabella wird nicht mehr gebraucht, aber Billy hat weiterhin seine ganz großen Auftritte.

Klar ist ebenfalls: Für die Fernsehreportage sind Tiere wichtiger als Menschen. Außerdem geht es um sogenannte *Cuevas de Altamira*, weiß der Teufel, was sich ein Hund darunter vorstellen soll. In diesen Höhlen gibt es angeblich sagenhaft alte Ochsen. Eigentlich interessiert sich Billy für Ochsen nur, wenn sie mundgerecht geschnitten in seinem Napf liegen. Doch weil diese netten Fernsehmänner mit Markart, Jürgen und Marta dauernd davon reden, gewöhnt er sich an das Wort Altamira. Entscheident für den Lord ist, daß er überall dabeisein darf; wahrscheinlich sind die Menschen auf seine Repräsentationskraft angewiesen, damit sie etwas hermachen und sich nicht so unsicher fühlen in dem fremden Land. Zu einem Amt fahren sie, dort riecht es genauso wie daheim in der Bürgermeisterei nach Stempelfarbe, Akten und Staub. Büros und Bürokratie ähneln einander auf der ganzen Welt, das sagt ihm seine zuverlässige Hundenase.

Obwohl die Leute in der spanischen Stadtverwaltung freundlich sind und Markart viele Papiere vorzeigt, die ihnen irgendwas erlauben sollen, sind die deutschen Besucher nicht richtig zufrieden, als sie das Rathaus verlassen.

Billy wittert so was. Immer noch dreht es sich um die Ochsen in der Höhle, angeblich sind die empfindlich, und das grelle Licht der Scheinwerfer könnte ihnen schaden. Das müssen ja ziemliche Schwächlinge sein, wenn sie nicht mal ein paar Stunden Dreharbeiten aushalten! Die Rindviecher sollten sich ein Beispiel an Billy nehmen, zwar mag er das helle, heiße Licht der TV-Lampen nicht besonders, doch wenn einer sich auf etwas eingelassen hat, dann hat er das auch durchzustehen, halbe Sachen gibt es für einen Chow-Chow nicht.

Altamira wird erst mal verschoben, dafür drehen sie im alten Stadtkern von Santander, dort soll es architektonisch besonders reizvoll sein, sagen sie. Der Lord hat nichts gegen den Markt und die mittelalterlich verwinkelten, krummen Seitengäßchen. Bloß gibt es dort etwas, das man Katzenkopfpflaster nennt. Und weil es leise zu regnen angefangen hat, kann Billy nicht richtig Tritt fassen auf den runden, rutschigen Steinen. Wenn etwas schon Katzenkopf heißt! Kein Wunder, daß ein Hund da ins Schleudern gerät. Er sieht sich wieder einmal in seiner Abneigung gegen alles Kätzische bestätigt.

Nach einigen Stunden sind die Menschen müde und hungrig, sie gehen ins Restaurant und bestellen Suppe, Salat, Brot, Wein und *jamón* – lauter Sachen, für die sich Billy überhaupt nicht begeistern kann.

Die Männer und Marta halten lange Lobreden auf *jamón* – der Schinken sei unübertrefflich; und während sie essen und trinken, vergessen sie ihren Kummer mit den merkwürdigen Ochsen in der Höhle, an die sie nicht herankommen. Das könnte Billy ja schnuppe sein, aber daß sich um ihn keiner kümmert, ist ihm nicht egal. Der Chow langweilt sich, seine Laune wird immer schlechter.

Die Schinken, in langen Reihen von der Decke baumelnd, reizen seine Nasennerven – er macht sich absolut nichts aus gepökeltem und geräuchertem Fleisch.

Rücksichtslos, so lange in dieser Kneipe zu hocken, niemand sagt auch nur ein Wort zu ihm, und das ärgert ihn fürchterlich.

Am Nebentisch nimmt eine Gruppe spanischer Männer und Frauen Platz. Ein Mann, der fast aussieht wie

Markart, mit dunklem Haar und dunklem Bart, will Billy den Kopf tätscheln. Der hat inzwischen festgestellt, daß dieser Spanier nach Schäferhund riecht. Das geht zu weit. Erst der Gestank von Schinken und dann auch noch Schäferhund. Billy schnappt ärgerlich nach der Hand.

Jetzt geht ein großes Gerede und Entschuldigen los. Markart ist das Benehmen seines Chows peinlich, und Jürgen bittet in fließendem Spanisch für den Beißer um Verzeihung. Der Gast ist nicht böse, er lacht sogar, Billy hat ihn nicht schwer verletzt, die Zähne nur mal eben angesetzt, nicht in die Hand geschlagen.

Der Spanier hat tatsächlich einen Schäferhund draußen im Wagen sitzen, erfährt Jürgen und dolmetscht es an Seyppels weiter. Der Chow braucht keine Übersetzung, er hat es gleich gerochen.

Die Aufregung und der Adrenalinstoß haben Billy gutgetan, seine kleine Aktion hat ihm allgemeine Aufmerksamkeit verschafft; das besänftigt ihn, und nun merkt er, wie müde ihn das viele Herumlaufen am Vormittag gemacht hat. Er legt sich nahe an Markarts Stuhl und schläft ein. Seinetwegen können sämtliche spanischen Schäferhunde auf den Kneipentischen Flamenco tanzen, Seine Lordschaft ruht sich jetzt aus und sammelt Kraft für den kommenden Tag, denn da wird Billy wieder fürs Filmen gebraucht.

DER NAME HUND WIRD VERHACKSTÜCKT

Weil Billys Nase unter dem Geruch der würzigen, von der Decke baumelnden Schweinskeulen leidet, jenem Duft, der die Menschen entzückt, lassen Seyppels den Chow am nächsten Tag im Wohnmobil, während sie mit dem Team und Jürgen essen gehen.

Der Hund ist den ganzen Tag um sie herum gewesen, und wenn das Minihaus geparkt ist, sieht Billy darin eine komfortable Hütte, in der er sich wohl fühlt. Es scheint angebracht, sich mal voll auf die aus Köln angereisten Menschen zu konzentrieren. Im Team ist jeder ein besonderer Typ, der ungeteilte, nicht vom Drehstreß beeinträchtigte Aufmerksamkeit verdient.

Kameramann I ist vielfältig interessiert, intelligent, verbindlich, weltläufig. Eigenschaften, die Kameramann II auch aufbieten kann, doch er legt, wie Marta das nennt, mitten im Gespräch oder in der Arbeit »gern den Rückwärtsgang ein«. Dann gibt er sich als die Widerborstigkeit in Person, gescheit, bitter-witzig, angriffslustig. Darin ist er Markart nicht unähnlich, nur hat der seine sarkastischen Ausfälle besser im Griff.

Kameramann II stammt aus Ungarn, ist nach dem Aufstand von 1956 aus seiner Heimat weggezwungen worden und nie richtig angekommen in seiner neuen Heimat Köln, eine Tatsache, die Seyppels gut verstehen und nachvollziehen können.

Über den Ungarischen Aufstand, die Folgen für die damalige DDR und für ihr ganz privates Leben wissen Markart und Marta ein kleines revolutionäres Lied zu singen. Die Ereignisse von Budapest hatten sie in Leipzig ganz schön in Unruhe versetzt.

Jetzt sitzen sie mit dem geflüchteten Ungarn in Nordspanien behaglich bei Rioja und *jamón,* doch die Vergangenheit ist ihnen sehr gegenwärtig. Den Seyppels fallen eine Menge Leute ein, deren Namen damals in aller Munde waren: der abgesetzte Stalinist Rakosi, der unschuldig hingerichtete, 1956 exhumierte und rehabilitierte Rajk. Imre Nagy und Georg Lukacs, der Petöfi-Club und vor allem Julius Hay ... auch Kadar ... Maleter ...

Kameramann II, gebürtiger Budapester, steigt erst erfreut ein bei diesem »in memoriam« einer Revolution, dann zieht er ein Gesicht, als plagten ihn mindestens drei vereiterte Weisheitszähne: »Nein, das ist ja nicht zu ertragen!«

Seyppels blicken verblüfft auf den Ungarn-Flüchtigen. Was meint er nur? Den gescheiterten Aufstand? Der vorwurfsvolle Blick scheint aber ihnen selbst zu gelten. Sie waren doch gewiß nicht schuld daran, daß die Blütenträume damals nicht reiften.

Endlich erklärt sich der Leidende: »Sie sprechen alle Namen so fürchterlich falsch aus!«

Markart und Marta haben nie ungarische Sprachkenntnisse für sich reklamiert; und wer mäkelt schon an der Phonetik internationaler Kenn-Namen herum, wenn es um wichtige Personen und Fakten geht? Sie haben so artikuliert, wie sie es von Radio und Fernsehen her noch im Ohr haben. Herr Widerborst bringt da eine Pionierleistung zustande, deren Nutzen zweifelhaft ist. Besser, man läßt den hörempfindlichen Herrn mit seinen sprachpuristischen Sorgen allein. Kameramann II ist launischer als ihr Chow-Chow.

Marta wechselt den Platz und rückt näher zum übrigen Team. Dort wird Billys Filmeignung gelobt, man nennt ihn einen begabten Schau(Chow)spieler und sagt ihm eine TV-Karriere voraus. Kameramann I möchte ihn gern für längere Zeit engagieren. Der unwirsche Ungar hört das und muß gleich gegensteuern: »Warum den Chow nicht unter Vertrag nehmen, beim WDR arbeiten schon so viele blöde Hunde, da kommt's auf den einen auch nicht mehr an!«

Die Pointe sitzt, alle lachen, nur Marta verspricht rachsüchtig: »Bei nächster Gelegenheit werde ich Billy auf Sie hetzen!« Plötzlich schaltet die Frau wieder um auf Heiterkeit: »Man muß sich das mal vorstellen – wir hätten sagen können – unser Chow arbeitet beim Westdeutschen Hundfunk.«

Die Richtung einmal angegeben, ist kein Halten mehr. Von allen Seiten prasselt es: »Ihr befindet euch mit Billy auf einer Hundreise durch Spanien!« – »Wenn ein kranker Köter wieder zusammengeflickt ist, nennt man das eine Hunderneuerung!« – »Tägliche Hundschau!« – »Billy hat seinen ganz eigenen Hundhorizont!« – »Hier herrscht ein besonders reger Hundverkehr!« – »Markart und Marta sind abhängig von jedem neuen Hunderlaß!« – »Hundheraus gesagt ...«

Kameramann I: »Das wäre ein geglückter Titel für eine Tiersendung.«

Marta: »Weil wir gerade in Spanien sind – hat jemand neulich zufällig in ›Na sowas‹ das Interview mit dem Stierkämpfer gesehen? So einen blonden, blauäugigen Deutschen, der Nietzscheaner ist und obendrein noch Siegfried heißt ...«

Kameramann I: »Das kann man nicht erfinden. Ich hab' es mir angeschaut. Man muß ja wissen, was die Konkurrenz macht. Der Mann war ein Glücksfall für Gottschalk. Leider geschieht so was viel zu selten ...«

Marta: »Ich bin ja gegen Stierkämpfe. Doch der sich auf Nietzsche berufende Torero hat mich umgehauen. Eine derart enge Beziehung zwischen Philosophie und Praxis liefert das Leben nicht alle Tage...«

Markart: »Deine Parallele zwischen Nietzsche und diesem Stierkämpfer finde ich brutal...« Nun folgt aus dem Stegreif die Ehrenrettung des Philosophen, bei der Seyppel sich richtig in Rage redet.

Kameramann II: »Wir reißen uns für manche politische Reportage Arme und Beine aus, stimmen Bilder und Gespräche aufs feinste miteinander ab, und was muß ich hören? So ein bizarrer Typ wie euer nietzeanischer Siegfried sahnt das Zuschauerinteresse ab. Das ist nicht gerade ermutigend.«

Kameramann I: »Fest steht: Tiere in der Sendung oder Leute, die sich damit beschäftigen, sind ein sicheres Erfolgsrezept. Ähnlich zuverlässig wirken allenfalls Kinder vor der Kamera...«

Marta: »Kinder und Viehzeug zusammen in einem Film, das mag ja gutgehen, ohne Neid und Eifersucht. Aber vor ein paar Monaten saßen in einer Talk-Show gleichzeitig Curd Jürgens und ein Papagei. Der Vogel schoß den Vogel ab, und unser Weltstar schluckte schwer. Dann raffte er sich auf zur Souveränität: ›Es ist doch bekannt, Tiere stehlen immer die Schau!‹ Das klang verdammt bitter.«

Jürgen: »Ich habe gestern abend einen Band Tucholsky aus Peters Bibliothek hier im Haus mit ins Bett genommen. Tucho lobt da einen Unterhaltungskünstler aus den zwanziger Jahren, Otto Reutter. Dann zitiert er einen Satz von dem Mann. Mal sehen, ob ich den zusammenkriege – ja, ich weiß wieder, Reutter hat gesagt: ›Ich hatte früher mal den Größenwahn, bis ich an ein Varieté kam, wo ein dressierter Affe besser gefiel als ich.‹ Das stimmte damals und stimmt heute.«

Kameramann II: »Da wird sich Markart Seyppel aber grämen, wenn ihm sein Chow die Schau stiehlt. Autoren sind mindestens so eitel wie Schauspieler. Wenn Curd Jürgens dem Papagei am liebsten den Hals umgedreht und Otto Reutter den Affen sicher gern von der Bühne gescheucht hätte, dann sehe ich schwarz für Billy, wenn der im Film das Rennen macht.«

Markart: »Sie reden viel, wenn der Abend lang ist. Bloß zutreffen muß es nicht...«

Kameramann I: »Nicht alle Schriftsteller sind Egozentriker und Mimosen. Mir fällt Gore Vidal ein. In den dritten Programmen lief voriges Jahr ein langes Interview mit dem Autor. Ein amerikanischer Reporter hatte sich mit Vidal lange über Intensität und Wirkungsdauer von TV-News bei den Zuschauern unterhalten; was also ist hängengeblieben, wenn man kurze Zeit nach der Sendung den Konsumenten abfragt? Die beiden Männer diskutierten darüber eine Stunde lang, in den letzten fünf Minuten saß ein bildschöner schwarzer Hund neben Vidals Sessel, was der Schriftsteller zu einem Schlußgag nutzte. Er sagte: ›Alles wird vergessen sein, was wir hier analysiert haben. Wissen Sie, was die Leute antworten werden, erkundigt man sich nach unserer Sendung?‹ – ›Ach ja, da war ein großer, schöner schwarzer Hund zu sehen, und zwei Männer haben sich über irgendwas unterhalten.‹ Vidal hat recht, exakt so sind die Erfahrungen...«

Marta: »Da gab Vidal sich aber bescheiden. Den kennt man auch anders. Ich weiß nicht mehr, aus welchem Buch das stammt, doch es ist eine berühmte Szene... Bei einer großen, öffentlichen Veranstaltung haben sich

Norman Mailer und Gore Vidal vor aller Augen geprügelt, was das Zeug hielt. Ein prächtiger Hahnenkampf, reinster Schlagabtausch wegen der literarischen Hierarchie ... Wer der Größere ist, blieb unentschieden, die Gleichheit bestand in ihren blutigen Nasen.«

Kameramann II: »Richtig geschlagen haben die sich, vor Publikum? Phantastisch, wunderbar, das gefällt mir sehr ...«

Kameramann I: »Was hättest du denn für Kandidaten zum Verhauen auf deiner Wunschliste?«

Kameramann II: »Jeden!«

Marta: »Vor Ihnen muß man sich in acht nehmen. Sie sind aggressiver als Billy. Der räumt nur alle anderen Rüden ab, Hündinnen und die meisten Menschen mag er gern. Vielleicht liegt das daran, daß der Chow nicht hauptberuflich beim Fernsehen arbeitet. Der Job erhöht die Aggressionsbereitschaft ...«

Kameramann I: »Nicht bei jedem!«

Kameramann II: »Und überhaupt bin ich jetzt hundemüde, ich will sofort ins Hotel und in mein Bett. Ende der Durchsage. Das war das Schlußwort!«

»Nun mal langsam«, sagt der Tonmann, »wenn du weg willst, mußt du laufen. Wir haben nur einen Wagen hier, und außer dir wollen alle noch bleiben.«

Es ist das erste Mal, daß sich der fürs Wort Zuständige am Gespräch beteiligt. Markart und Marta haben im Lauf der Jahre festgestellt: Die »Tonmänner« bei Film und Fernsehen zählen zu den Stillen im Lande. Wahrscheinlich geht ihnen das ständige Gequatsche, das sie aufnehmen und aussteuern müssen, auf die Nerven. Sie praktizieren das Schweigen, wann immer es sich einrichten läßt.

Zum Hotel zu Fuß? Die gastliche Stätte liegt an die

zehn Kilometer entfernt. Ein Taxi? Das ist schwer zu bekommen. Herr Widerborst geht telefonieren und verschwindet dann, ohne sich zu verabschieden.

»Wenn er denn schon bei Nacht den Kilometermarsch antritt«, sagt Marta, »dann wäre es am besten, wir schickten Billy mit, dem wäre der Spaziergang im Dunkeln eine große Freude...«

»Großartig!« schmückt Markart aus, »Billy fällt unterwegs alle Rüden an, die ihnen begegnen, und unser ungarischer Freund beißt wahllos alle Menschen weg, die ihnen über den Weg laufen...«

»Ihr seid mir schöne Humanisten«, meckert Jürgen, »mir gefällt der bockige Budapester. Wenn wir ein richtiges Auto dabeihätten und nicht dieses Ungetüm auf vier Rädern, genannt Wohnmobil, wäre ich sofort bereit gewesen, ihn in sein Hotel zu fahren...«

Der Tonmann sagt: »Das tut dem Hitzkopf gut, wenn er sich seinen Ärger wegläuft. Wir arbeiten nicht erst seit gestern mit ihm zusammen. Man muß ihn machen lassen, was er will, dann fängt er sich wieder, und am nächsten Morgen ist der Mann wie neu.«

DER VERBOTENE FRIEDHOF

Das Wort des Tonmannes muß auf direktem Weg in Gottes Ohr gedrungen sein, am folgenden Tag ist der Ungar wie umgewandelt: liebenswürdig, charmant, umtriebig.

Als erstes treibt es ihn in der Nemetz-Küche um, er hat

große Kochpläne und setzt sie gleich in die Tat um. Marta kennt nicht viele Ungarn, doch alle, die sie kennt, wissen mit Tiegeln und Töpfen umzugehen – wohlschmeckende Gerichte sind garantiert. Jürgen und Marta werden sofort eingewiesen. Kameramann II hat die Regie übernommen.

Die Arbeit am Film hat das Team für heute schon hinter sich, gedreht wurden »zwei Rollen Natur« und Aufnahmen von einem in der Nähe liegenden bizarren Friedhof, der Markart fasziniert. Er sitzt oben an der Schreibmaschine und entwirft den Text für die Bildaufnahmen vom Vormittag.

Bloß Billy ist sauer: Zu den Grabstätten haben sie ihn nicht mitgenommen. Der Hund fühlt sich unterbeschäftigt und unterbewertet. Als ob er die Toten gestört hätte! Er ist so ein friedliches Tier, und nie darf er mit auf den Friedhof. In Oberreifenberg ist es ganauso, da machen sie auch immer einen Bogen mit ihm um die letzten Ruhestätten. FÜR HUNDE VERBOTEN, stünde am Eingang, haben ihm die Seyppels erzählt. Na und? Ist er vielleicht ein Hund? Er ist ein Chow-Chow! Markart hat schon so oft des langen und breiten darüber geschrieben, wie viele Unterschiede es da gibt. In der Literatur wird Billys Besonderheit hervorgehoben, und was ist in Wirklichkeit? Da sperren sie ihn aus wie den letzten Straßenköter. Billy in seinem Grimm möchte am liebsten bellen: Alle Dichter lügen. Es bekümmert ihn tief, daß sein geliebter Markart keine Ausnahme ist. Papier ist geduldig. Da können sie viel drauf drucken, und in der Realität brüskieren sie ihn in hundsgemeiner Art und Weise. Hundsgemein? Menschengemein war das, was sie ihm heute morgen wieder angetan haben, indem sie ihn daheim im Nemetz-Haus sitzen ließen, das er sowieso nicht leiden mag. Wo er auch hinriecht, entweder stinkt es nach Isabella oder nach seinem Vater Leo, eine Nasenvergiftung wird er sich holen. Wie gut müßten dagegen die verwitterten alten Steine auf dem Friedhof duften, die hatte er durchs Tor wahrnehmen können, als sie vor einigen Tagen eine Vorbesichtigung machten. Und was geschah: Draußen angebunden war er worden. Was fürchteten sie denn? Daß er auf die Gräber pinkelte? Er war doch kein Totenschänder! Ein kleiner Hinweis: »Nein, Billy, hier nicht!« genügte, und seine Blase war absolut dicht, doch sie unterschätzten seine Intelligenz und Wohlerzogenheit und behandelten ihn wie einen, der das Wasser nicht halten kann. *Camposanto* heißt Friedhof auf spanisch, das hatte er aufgeschnappt, na, er hätte ihnen den Totenacker bestimmt nicht entweiht.

Unzufrieden trottet Billy durch den Nemetz-Garten. Markart klappert oben an der Schreibmaschine, mit dem ist nicht zu rechnen, und Marta hat sich ihre Küchenmütze aufgesetzt. Wenn sie dieses Frottee-Ding trägt, besteht gar keine Aussicht auf einen Spaziergang. Die Frau und Jürgen sitzen am Tisch auf der Wiese und haben eine Wanne mit ungefähr dreitausend kleinen Fischen zwischen sich. Da nehmen sie die Viecher raus, schneiden ihnen den Bauch auf und holen die Eingeweide hervor. Ekelhaft, wie das aussieht und stinkt, und diese kleinen silbernen Leichen wollen die Menschen sich schmecken lassen. Auf dem Herd brutzeln schon die Pfannen mit Öl, Kameramann II macht Kartoffelsalat, dazu soll es dann die gebratenen Sardinen oder Sardellen geben. Das ist eine Speisenfolge, für die Billy nur ein verächtliches Schniefen übrig hat.

Kameramann I deckt den Tisch und stellt die Gläser hin, der Tonmann sitzt im Wagen und hört die letzten

Aufnahmen ab; dann steigt er aus und beginnt Kaffee zu kochen. Typisch – und so was nennt sich Fernsehteam. Statt daß sie Billy filmen, beschäftigen sich alle mit der blöden Fresserei und ungenießbaren Getränken. Er mag weder Espresso noch Rioja, mal nachsehen, ob wenigstens Wasser in seinem Trinknapf ist... Das schlägt ja nun dem Napf den Boden aus – kein Tropfen drin. Billy stellt sich mitten in den Hof und macht wütend: woff, woff, woff...

»Na so was«, freut sich der Tonmann, »ich dachte schon, der Chow kann überhaupt nicht bellen.« Schnell holt er das Mikro und nimmt Seiner Lordschaft Unmut auf Band. Damit es nicht so eintönig wird, legt Billy zwischen jedes Woff einen kleinen Heuler.

Wenigstens ein Mensch, der sich für den Chow interessiert. Billy ist bereit, ihm eine ganze Spule vollzubellen.

Jetzt kommen sie alle angesaust. Marta mit ihren nach Fisch stinkenden Händen und Markart von seiner Schreibmaschine weg:

»Was hat denn der gute Billy?«

»Er hat was *nicht*«, berichtigt Jürgen, »kein Wasser zum Saufen.«

Markart eilt in die Küche und füllt die Schüssel, aber ehe er die dem Lord endlich serviert, lobt er drinnen des langen und breiten den ungarischen Koch. Das ist ja zum Aus-dem-Fell-Fahren, Markart will also auch diese schrecklichen kleinen Fische essen!

»Gleich nachher gehen wir spazieren, nach der Mahlzeit, Billy, später, später!« verspricht Seyppel.

Das ist das erste vernünftige Wort, das Billy an diesem Tag hört. Vielleicht kann er den Mann dann doch auf den schönen alten Friedhof locken. Wenn Markart geschrieben hat, ist er immer noch lange tief in Gedanken und merkt nicht, wohin man ihn führt. Was verboten ist, das macht Billy gerade scharf. Er wittert endlich eine Möglichkeit, *campsanto* in aller Ruhe und voller Genuß durchzuschnüffeln.

BILLY SOLL EIN SCHLUSSWORT SPRECHEN

Bei Tisch im schattigen Patio ist Kameramann II und Küchenmeister vom Dienst ausgeglichen und glücklich, alles labt sich und lobt ihn – die Minifische sind eine Delikatesse.

Jürgen krönt das gutgewürzte Gericht durch eine scharfe Gesprächseröffnung: »Kennt jemand den ›Vater der Neutronenbombe‹, ich meine, weiß er Näheres von ihm?«

»Ein Amerikaner ist es«, überlegt Kameramann I, »ein Sam – Sam Soundso ...«

»Samuel Cohen«, ergänzt Markart, »wieso kommst du jetzt gerade auf den?«

»Ein Reflex«, erwidert Jürgen, »immer wenn ich Leute so herzlich mit einem Haustier umgehen sehe wie euch beide mit Billy, fällt mir Mister Cohen ein. Vor ein paar Monaten sah ich in Amsterdam das Interview eines niederländischen Reporters mit dem Neutronenbomben-Erfinder. Er wurde gefragt, was ihm das liebste Wesen auf der Welt sei. Cohen antwortete: ›Mein Hund‹ – nicht ohne neckisch hinzuzufügen: ›Aber lassen Sie das meine Frau und meine Kinder nicht hören!‹ Dann kam der Pudel aus der Haustür gestürzt und warf seinen Herrn vor lauter Liebe beinahe um ...«

»Ei verflucht!«, wirft Marta ein und erinnert sich der klassischen Literatur, »das also ist des Pudels Kern – die Neutronenbombe ...«

»So viel ›Faust‹ hätt' ich auch noch gewußt«, sagt Kameramann II. »Aber es ist eine makabre Assoziation.«

»An Goethe dachte ich in dem Moment wirklich nicht«, fährt Jürgen fort, »mir gehen andere Dinge durch den Kopf. Das Besondere an der Neutronenwaffe ist: Sie tötet Menschen und verschont Sachen. Ich sah auf den Pudel und dachte, juristisch ist das Tier eine Sache. Bis vor kurzem war es ja noch so. Doch im Ernstfall wird das dem Tier nichts nutzen, die Bombe vernichtet ihn genauso wie alle sonstigen Lebewesen.«

»Ein irrer Aspekt«, sagt Marta, »das paßt zum allgemeinen Wahnsinn.«

»Der Reporter fragte dann die Kinder, zwei halbwüchsige Burschen, was sie von der Erfindung ihres Vaters hielten, und die erwiderten, sie sei ihnen gleichgültig. Der zweite Höhepunkt des Interviews bestand in der von Cohen entschieden geäußerten Meinung, daß es sicher Krieg gäbe ...«

»Und da soll angewendet werden, was er dafür entwickelt hat?« fragt Kameramann I.

»So direkt drückte es der Wissenschaftler nicht aus, man konnte sich aber seinen Reim darauf machen. Er hatte noch ein paar Knüller parat. Seine Bombe vernichte den Feind, erhalte aber dessen Eigentum, und das sei vernünftig.«

»Der Mann macht seinen Job mit Konsequenz«, meint Markart, »Logik ist ihm nicht abzusprechen.«

»Das einzig richtige Wort dazu sagte schon vor Jahrzehnten eine Frau«, wirft Marta ein, »Bertha von Suttner: ›Die Waffen nieder!‹, daran kann man gar nicht oft genug erinnern ...«

Plötzlich beginnen beide Seyppels zu lachen.

»Achtung!« warnte Markart, »Marta kommt jetzt mit Billy ganz groß raus!«

Die Frau sagt: »Markart und ich waren vor einem halben Jahr in Frankfurt bei einer dieser Friedensinitiativen – große Versammlung –, jeder trug artig seinen Text vor, wir auch. Der Lord war mit bei dem Meeting. Vorhin haben alle gehört, daß der Chow nicht ›wau, wau‹ macht, sondern ›woff, woff‹ – der Tonmann hat es eben aufgenommen. Jedenfalls, in Frankfurt bei dem Treffen hab' ich zu Markart gesagt, jetzt schicken wir zum Schluß Billy aufs Podium, und der muß laut und deutlich erklären: Die Woffen nieder!«

Jürgen, noch immer im vollen deutschen Ernst mit dem Vater der Neutronenbombe und den daraus folgenden Ungeheuerlichkeiten beschäftigt, blickt zweifelnd auf Marta und kann absolut nicht mitlachen.

Markart, der den Kalauer kennt, verzieht schuldbewußt das Gesicht zur verlegenen Grimasse. Er findet den Billy zugedachten Schlußpunkt immer noch gut, fühlt sich nur nicht ganz wohl dabei, denn er versteht Jürgen und teilt dessen Ernsthaftigkeit genauso wie Martas Absicht, ihrem Chow das letzte Wort zu erteilen. Markart tritt zu Billy, beugt sich nieder und streicht ihm über die Stirn. Der Hund schließt vertrauensvoll die Augen. Hätte ein Chow die Neutronenwaffe erfunden, denkt Markart, würden die Menschen das zum Verbrechen an der Menschheit erklären und zur Strafe die gesamte Rasse der Chows auslöschen.

Marta unterteilt den Garten in ein Isabella-Land und ein Billy-Reich. Große Baumaßnahmen sind dazu nicht erforderlich. Das Nemetz-Grüngelände ist terrassenförmig angelegt, mit einer quer sich hinziehenden Feldsteinmauer, die gut einen Meter Höhe hat und die obere Wiese zugleich abstützt und sauber begrenzt. In der Mitte sind sechs Stufen eingelassen, die vom Parterre in die erste Etage des Gartens führen, den Menschen ein bequemes Auf und Ab garantierend. In Sorge um ihre Katze verrammelt Marta die Treppe. Das Material für die Sperre zu finden ist gar nicht so leicht, peinliche Ordnung herrscht in Haus und Nebengebäuden, es liegt nichts herum. Schließlich schleppt die Frau aus dem benachbarten verlassenen Anwesen ein paar Bretter herbei, alte Gartenstühle und ein großes Faß. Damit der Verhau nicht allzu stark die schöne und gepflegte Anlage stört, dekoriert Marta das Billy-Hindernis mit Blumentöpfen, von denen es viele rund um das Gebäude gibt. Eine spanische Besonderheit, von den Besuchern aus der Bundesrepublik schon auf der Reise wahrgenommen, kommt dabei zur Geltung. Die Einheimischen streichen ihre Blumentöpfe frohgemut mit Ölfarbe in frischen Tönen an: Rot, Blau, Gelb, Grün. Das schmückt nicht nur die Pflanze, auch das Gefäß wirkt auf den Betrachter.

Das ist die ästhetische Seite von Martas Grenzziehung. Wie sich in den folgenden Tagen zeigt, hat das Ganze auch seine politischen Aspekte. Paco und Pilar kommen am Abend zu Besuch, und Paco sagt sofort: »Die Berliner Mauer!« Der traurige Ruhm ist bis an die Biskaya gedrungen. Weil Marta die Treppe verbarrikadiert hat, wird der Trennungscharakter betont, »Checkpoint Charlie« ist mit Brettern vernagelt. Die beiden Spanier, dazu Jürgen und Seyppels stehen im Garten und betrachten das Mini-Modell einer Grenze.

»Wo ist Ost und wo West?« erkundigt sich Paco.

Marta versucht einzugehen auf das Spiel: »Isabella ist klein und grau – so wird die DDR definiert. Billy ist der blühende Kraftprotz – das Symbol für den Westen. Genaugenommen, haut's nicht hin mit der Parallele. Da ist kein Gleichgewicht des Schreckens. Die Katze würde nie von sich aus den Hund angreifen, während West-Billy mit Ost-Isabella zu gern kurzen Prozeß machte ...«

»Wer weiß schon, wer eines Tages wen schluckt,« orakelt Jürgen.

Der potentielle Angreifer Billy kommt freundlich herbeigewedelt und will teilhaben an der Heiterkeit, auch wenn sie auf seine Kosten geht.

Wie aufs Stichwort erscheint Isabella in ihrer oberen geschützten Wiese und beginnt provozierend auf und ab zu gehen. Die Kleine riskiert 'ne große Lippe, in sicherer Entfernung rächt sie sich durch bloße Anwesenheit an ihrem ständigen Verfolger. Der kann nicht ran an sie, die meterhohe Mauer zu erklimmen gestattet ihm sein vor kurzem operierter Hinterlauf nicht, es fehlt ihm an Sprungkraft.

Der Lord quietscht vor Ärger und versucht, die Barrikade auf den Stufen abzubauen. Seine Vorderläufe sind gesund und kräftig, doch die Sperre hält. Nur ein Blumentopf fällt um. Inzwischen hat Isabella ihr Mütchen gekühlt und zieht sich zurück in den hinteren Teil der Wiese, wo ein uralter, knorriger Zitronenbaum seine weitverzweigten Äste anbietet. Einige ihrer spanischen

Verehrer erwarten sie bereits dort, mit ihnen macht sie Highlife. Aus den Augen, aus dem Sinn, zeigt Billy an und wendet der ganzen Katzenbande seinen Hintern zu. Energisch faßt er die Menschen ins Auge. Die essen Hühnerfrikassee, gewürzt mit selbstgepflückten Zitronen. Zwar sind die Früchte klein und ungewöhnlich hart, doch im Geschmack vorzüglich. Und sie sind ungespritzt. Marta weiß das zu schätzen, weil sie immer Wasser mit Zitronensaft und Süßstoff trinkt, während die anderen einem spanischen Landwein zusprechen. Die Frau hat für sich alle Arten von Alkohol von der Getränkekarte gestrichen. Das verbindet sie mit Billy.

»Die Wollnudel ist abstinent«, sagt Jürgen, »das paßt prima zu Marta«.

»Na«, wendet Markart ein, »die Gute war ein Apfelwein-Süffel, jetzt übertreibt sie nach der anderen Seite und trinkt nur noch alkoholfrei. Lehr mich einer die Frauen kennen mit ihren Extremen.«

»Rotwein und Bier hab' ich nie vertragen«, sagt Marta, »das waren für mich Schlafmittel; dafür hat mich der Apfelwein immer so schön aufgemuntert. Ehe das zur Abhängigkeit ausarten konnte, habe ich damit Schluß gemacht. Markart fehlt das menschliche Verständnis für heroischen Verzicht.«

»Ein paar Süchte sind dir ja noch geblieben«, stellt Jürgen fest, »Markart, die Katze, der Hund, Bohnenkaffee und Nikotin!«

Das letzte Wort aussprechend, steckt er sich selbst eine Zigarette an und gibt Marta Feuer. Sie sind die beiden Raucher in der Runde, während Seyppel nur hin und wieder ein Zigarillo pafft.

»Bin ich tiersüchtig?« fragt Marta. »Davon nimmt die Gesundheit keinen Schaden ...«

»Höchstens die seelische und geistige«, stichelt Markart.

Alles läßt sich seine Frau nicht gefallen: »Du hast es nötig, besessen von Billy, wie du bist...«

Jürgen kommt mit dem Übersetzen für Paco und Pilar kaum hinterher. Als vom Hund die Rede ist, nicken die beiden, das Muster kennen sie von Peter und Leo: Der eine ist ohne den anderen nicht zu denken. Nemetz macht sich übrigens um die Hygiene im Dorf verdient, er bringt Dutzende von Flohhalsbändern aus Frankfurt mit und verteilt sie an die spanische Hundeschar.

»Ein Idol braucht jeder«, faßt Marta zusammen, »Paco seinen Anarchismus, Pilar ihre Religion, Peter und wir unsere Viecher, und was Jürgen anbetet, hab' ich noch nicht richtig herausgefunden.«

Der indessen läßt sich keineswegs aus der Reserve locken, und er versieht ungerührt seine Dometscher-Aufgaben.

WARTE, WARTE NOCH EIN WEILCHEN...

Den ganzen Morgen über bleibt es Nacht. Finsternis bedeckt die Erde. Für Anfang Juni, meint Marta, ist das in einem südlichen Land eine erstaunliche Erscheinung. Man sollte Nordspanien nicht überfordern. Ein Glück, daß sie eine Sortierung Winterpullover eingepackt hat, vom Hochtaunus her ist sie Kälteeinbrüche in den Sommermonaten gewöhnt. Jürgen ist der Dünnste in der Runde, weigert sich aber standhaft, sein Cordjäckchen gegen einen Wollpulli auszutauschen, und klappert fröstelnd durchs Haus. Das Team erscheint, und auch ihnen allen ist nicht gerade heiß. Weil die Dunkelheit nicht weicht, wird beschlossen, die Szenen zu drehen, über denen steht: INNEN NACHT...

Warm verpackt sitzen Markart und Marta vorm (nicht angezündeten Kamin) und unterhalten sich über ihre Baupläne für das Nachbargrundstück. Zwischendurch soll die Frau Tee kochen gehen, den Dialog mit dem Mann auf dem Weg zum Gasherd immer weiter fortführend. Billy hat in dieser Einstellung nichts zu tun. Er will sich selbständig ins Spiel bringen und lagert seine gut dreißig Kilo quer vor der Zimmertür. Den Durchgang zu versperren ist eine seiner Vorlieben. Unter normalen Umständen kalkulieren Seyppels den Hindernishund ein. Jetzt ist Marta abgelenkt. Sie balanciert das Tablett mit Teekanne sowie Tassen und obendrein das, was sie zu sagen hat. Hoppla, beinahe wäre die Frau samt heißem Getränk über Billy gefallen.

Abbrechen die Szene, das Ganze von vorn. Der Chow wird von Jürgen in den Garten geführt und ist beleidigt. Dort draußen hält sich schon ein Beleidigter auf. Kameramann II hat aus einem unklaren Grund bei dieser morgendlichen Nachtarbeit keine Funktion und ist frustriert. Er sucht sich ein Ventil für seinen Ärger und fängt an, Holz zu hacken, ein Ausweg, der dem mißachteten Billy versperrt ist. Er beginnt zum hundertstenmal an der Sperre zu beißen und zu ziehen, die ihn vom Isabella-Land trennt. Gelänge ihm der Durchbruch dorthin, würde er sich der Katze gegenüber gern benehmen wie die Axt im Wald. Vergeblich, die Barrikade trotzt Billy, während der Ungar zornig die dicksten Holzscheite durchschlägt. Wut setzt sich direkt in Aktion um.

Drinnen ist der Drehplan geändert worden. Man wird doch Feuer im Kamin entfachen, das gibt ein besonderes Bild, schwärmt Kameramann I. Seine Nummer II entfaltet einen heißen Holzhacker-Ehrgeiz, er will ganz feine Anfeuerungsspäne spalten, damit ein tolles Fernsehfeuer lodert. Zwar sind draußen im Hof reichlich zerkleinerte Hölzer aufgestapelt, doch in den Tagen zuvor sind sie im Dauerregen feucht geworden. Was dem temperamentvollen Budapester ursprünglich nur zur seelischen Entlastung dienen sollte – das Schwingen der Axt –, erweist sich nun als dringend notwendig, er und seine Tatkraft sind gefordert wie sonst keiner im Team.

Eine Weile geht das gut, dann saust die scharfe Schneide in den linken Zeigefinger des Hobby-Hackers. Heroisch bindet der Blessierte ein Taschentuch um die Wunde und will weiterspalten. Plötzlich erblaßt er, die Verletzung geht tiefer, als sich der Mann eingestehen will.

Billy beobachtet gebannt das Blut auf dem Hauklotz und sieht zu, wie es durch den Verband tropft. Sein Beschützerinstinkt erwacht, er geht zum Kameramann II und legt sich ihm zu Füßen. Die Beziehung zwischen den beiden war bisher nicht allzu eng, das Tier hat ein feines Gefühl für die Zuwendung von Menschen. Damit hat sich der Ungar dem Chow gegenüber keineswegs übernommen. Billys Antwort darauf war von Gleichgültigkeit geprägt. Die Distanz zwischen den beiden ist nun aufgehoben, fließendes Blut erinnert den Chow an ein eigenes Erlebnis.

Voriges Jahr am Pfingstsamstag machte Markart mit ihm am späten Nachmittag einen kleinen Sonderspaziergang. Früh am nächsten Morgen muß der Mann nach West-Berlin zu einem Kongreß fliegen, der zusätzliche kurze Ausflug soll Billy über den bevorstehenden Abschied trösten. Keine hundert Meter vom Haus tritt der Hund in eine Flaschenscherbe. Es fehlt nie an Idioten, die leer gesoffene Glasgefäße in die Gegend schmeißen, hocherfreut, wenn sie an Steinen in scharfe Stücke zersplittern. Ein Glassplitter erwischt Billy.

Markart kehrt mit dem Verletzten heim, der zieht eine rote Spur von der ersten bis in die zweite Etage. Ein Verband? Marta kommt mit blutstillender Watte, läßt es dann aber sein und liest im Hundebuch nach. Der linke Vorderlauf des Chows ist in Purpur getaucht. Unstillbare Blutung? Sofort Arzt aufsuchen! steht im Hundegesundheitskapitel. Ausgerechnet zum Feiertag. Seyppels versehen den Autorücksitz mit alten Bettüchern und plazieren den Versehrten darauf. Hoffentlich ist der Tierarzt zu erreichen! Billys blaue Zunge ist rot gefärbt, er leckt unterwegs eifrig an der Wunde, aus der es immer weiterströmt. Ein Glück, Doktor Scholl ist im Haus und öffnet eigens den Behandlungsraum. »Der Chow hat sich die Pulsadern aufgeschnitten«, diagnostiziert der Arzt, »da muß ich nähen!«

Aus der verdammten Flaschenscherbe erwächst dem armen Hund eine Operation mit Narkose und mehreren Stichen, die seine Wunde flicken. Seyppels sind so geschockt, daß sie ihre Unfähigkeit zu medizinischen Handreichungen vergessen. Sie helfen, so gut es geht, bei dem Eingriff, seine Assistenten hat der Doktor schon in die Pfingsttage entlassen.

Billy bekommt einen dicken Verband und darüber ein blitzeblaues Strümpfchen mit schwarzer Kunstledersohle, das soll er in der nächsten Zeit tragen. Markart legt seinen narkoseumflorten Chow auf die Rückseite, Marta hält ihn während der Heimreise fest.

Ein paar Stunden später bewegt sich Billy mit dem blauen Strumpf schon wieder, während Marta das Auto säubert. Trotz der Laken sehen die Polster aus, als hätten sie im Wagen ein Schwein geschlachtet, der Hund hat viel Blut verloren. Interessiert schnuppert er an den rotgefleckten Laken, ehe die Frau sie in die Waschmaschine steckt.

»Über Nacht wäre uns der Chow glatt ausgelaufen«, graust sich Marta, »wenn ich so einen Flaschenschmeißer auf frischer Tat ertappe, ich glaub', da kenn' ich mich nicht mehr!»

Markart zuckt resignierend die Schulter: »Gegen die Dämlichkeit der Menschen ist kein Kraut gewachsen!«

Immer noch verstört, macht sich der Mann an seine Reisevorbereitungen. Der Blitzstart zum Tierarzt hat seinen Zeitplan durchkreuzt. Einigermaßen beruhigt fliegt Markart ab. In den ersten Tagen läßt der Chow seinen Verband unangetastet, ein vorbildlicher Rekonvaleszent. Marta überlegt, ob das Tier instinktiv gewittert hat, in welcher Gefahr es sich befand, als der rote Lebenssaft aus ihm herauslief. Wie emsig er unterwegs die Wunde leckte! Seither, meint die Frau, hat Billy eine besondere Beziehung zu fließendem Blut. Das zeigt sich ein paar Wochen später, als Markart sich mit dem Brotmesser tief in den linken Handballen schnitt. Billy, neben dem Stuhl liegend, war aufs höchste alarmiert. Marta verband die Wunde, und der Lord geleitete den Verletzten in die untere Etage, wo er Posten bezog neben der Couch, auf der Markart sich ausstreckte.

Es war ein tropenheißer Tag, normalerweise hätte der Chow bei diesen Temperaturen den kühlen Unterbau der Garage aufgesucht, dort im Schatten kam er immer am besten über die Hitze hinweg.

Der Wächter wich und wankte nicht, hielt die Stellung auch dann noch, als Markart in leichten Dämmerschlaf fiel. Marta sah, wie Billy vorsichtig an der verbundenen Hand leckte, ihr schien, der Hund blickte sehr besorgt drein. Das war keine fixe Idee von ihr, der Chow verfügt über ein lebhaftes Mienenspiel, die Skala seiner Gesichtsausdrücke reicht weit. Billy behütete Markart; bei dieser wichtigen Aufgabe vergaß er sogar, wie sehr er schwitzte in dem heißen Sommerzimmer.

Jetzt, in Spanien, neben dem blutenden Budapester, nimmt der Chow eine ähnliche Haltung an. Mit dem unglückseligen Ungarn stimmt etwas nicht, signalisiert der Lord. Dem Blessierten nützt die Billy-Wache nicht viel, er muß zum Arzt, und Jürgen sitzt schon im Teamwagen bereit, den immer noch alle medizinische Hilfe abwehrenden Kameramann II nach Santander zu fahren. Mit sanfter Gewalt wird der Hobby-Holzhacker ins Auto verfrachtet, das vermaledeite Feuer im Kamin brennt, wie er vorm Aufbruch noch voller Genugtuung feststellt. Na also, wenigstens war sein Blutopfer nicht umsonst, die mit hohem Einsatz hergestellten Späne lodern lustig vor sich hin.

Inzwischen ist es ein wenig zu hell geworden für die geplante Abendszene. Sie hängen in Küche und Kaminzimmer ein paar dunkle Tücher vor die Fenster; das genügt, gleich ist es wieder ausreichend finster.

»Nennt man das nicht ›amerikanische Nacht‹?« fragt Marta. Alle erinnern sich des unvergleichlichen Truffaut-Films, der diesen Titel trägt. Jeder steuert aus dem Gedächtnis einen Gag, ein Stück Dialog daraus bei. Ablenkung ist willkommen, die Gelegenheit zum Lachen wird genutzt. Der Schreck über ihren Unfall-Ungarn sitzt allen in den Knochen.

Danach geht die Arbeit zügig voran, die Szene ist im Kasten. Billy hat brav neben Markarts Sessel gelegen und nicht quer vor der Tür, so daß Marta auch nicht über ihn stolperte.

Nach ein paar Stunden kehren Jürgen und Kameramann II zurück, der Finger ist fachmännisch verbunden, sein Besitzer tetanusgespritzt. Im heilen Arm hält er ein paar erlesene Flaschen Rotwein. Er hat es sich nicht nehmen lassen, auf dem Rückweg vom Krankenhaus den Einkauf zu erledigen. Mit dem edlen Tropfen stoßen später alle auf sein Wohl an. Erleichtert, daß das Ganze noch einigermaßen glimpflich abgelaufen ist. Der Finger ist zum Glück nur angehackt, nicht abgehackt. Billy und Marta prosten der Runde mit Wasser zu. Der Hund hat den Verband aufmerksam kontrolliert, ein schwarzer Kunstlederfinger schützt die Mullbinde.

Die Frau erinnert sich, wie es damals mit Billys verletzter Pfingst-Pfote weitergegangen war. Den Verbandsmull ließ er unangetastet, bloß mit dem blauen Strümpfchen wurde es Billy bald zu blöd. Davon befreite er sich, und danach wurde es spannend. Markart, von der Reise zurück, sah als erstes nach dem Pulsader-Patienten. Der lief vergnügt mit drei rotgoldenen und einer blauumhüllten Pfote durch den Garten. Zur Begrüßung warf er den Mann beinahe um, seine Freude ist bei jedem Wiedersehen frisch wie beim erstenmal. Danach sitzen Seyppels beieinander, und Markart berichtet über Berlin.

Am späten Nachmittag bringt Marta dem Chow seine Mahlzeit hinunter – der linke Vorderlauf leuchtet weiß, Billy schaut ungeheuer unschuldig drein.

»Wo ist der Strickstrumpf, du Schlawiner?«

Der Hund legt seinen Kopf schief, steilt die Ohren und

reißt die Augen auf – alles Zeichen seiner allergrößten Mühe um rasche Verständigung. Was will die Frau von ihm?

»Der Strumpf, Billy, der Strumpf?«

Jetzt kennt der Lord sich selbst nicht mehr vor lauter gutem Willen, eifrig läuft er mit Marta durch den Garten, auf der Suche nach dem Ding, an dem ihr soviel zu liegen scheint. Sogar sein Essen läßt er außer acht, obwohl er hungrig ist. Doch soll keiner sagen, daß er nicht die Wünsche seiner Leute respektiert.

Markart ruft von der Terrasse: »Was gibt's denn da unten?«

Marta ruft zurück: »Sieh dir mal Billys Vorderpfote an!«

Das will der Mann gern tun, er muß sich dazu nur die Brille holen. Aha, der Fall ist klar, Markart kommt näher. Zu dritt setzen sie die Suche fort. Der Chow findet das herrlich. Wenn Seyppels mit ihm durch den Garten streifen, ist es dort gleich viel unterhaltsamer.

Marta sagt: »Nun mal systematisch: Hier sind neunhundert Quadratmeter Wiese und Baumbestand, das alles ist grün. Was wir suchen, ist blitzeblau, es kann doch nicht schwer sein, den Strumpf auf dieser Fläche zu finden. Wir sehen zwar beide nicht besonders gut, doch farbenblind sind wir nicht!«

Schließlich rüstet sich die Frau auch noch mit ihrer Brille aus, die braucht sie sonst nur zum Autofahren und fürs Fernsehprogramm.

Der Ehrgeiz der beiden Menschen ist geweckt. Sie biegen die unteren Äste der Nadelbäume beiseite und kontrollieren alles, was dem flüchtigen Blick verborgen bleibt. Es geht ihnen ums Prinzip. Ist der Vierbeiner imstande, die beiden Zweibeiner derart auszutricksen?

Morgen will der Tierarzt den Verband wechseln und die Wunde begutachten, dabei könnten sie einen neuen Strumpf kaufen, doch nun möchten sie genau wissen, wo der erste geblieben ist.

Der Verursacher der Aktion begleitet sie begeistert und bereitwillig.

»Wenn der hinterhältige Hund nicht am Vorderlauf verletzt wäre, würd' ich denken, er hat ein Loch gescharrt und den Strumpf darin vergraben«, grübelt Markart, »aber man merkt doch genau, daß er die Pfote schont. Mit nur einer Pfote hat er noch nie Löcher gegraben ...«

Der sogenannte hinterhältige Hund gibt sich den Anschein völliger Harmlosigkeit. Ein gradliniger Charakter wie er ist perfider Handlungen überhaupt nicht fähig.

»Vielleicht hat er den Strumpf unterm Zaun durchgeschoben oder ihn darübergeworfen«, sinniert Marta mit dumpfer Stimme. Sie steckt mit dem Kopf in der Hundehütte und überprüft dort jede Ecke.

Billy ist entzückt. Das ist ja ein großartiges Spiel! Er springt auf die kopflose Frau und macht es sich auf ihrem Rücken bequem. Menschen auf Knien haben dieselbe Größe wie er, der Chow möchte nichts lieber, als daß es immer so bliebe.

»Nimm mir bitte das Untier aus dem Kreuz, Markart, ich krieg' ja in der Hütte keine Luft mehr!«

Billy ist enttäuscht. Schade, wenn er schon mal eine wahre Freude hat, machen die Menschen nicht lange mit.

Marta steht schwer atmend neben der Hütte: »Für heute hab' ich genug. Jetzt ziehen wir diesem Schelm einen Strumpf von mir an, damit der Verband nicht so schmutzig wird ...«

Die Frau geht ins Haus. Markart hat die Sucherei auch satt und folgt ihr.

Richtige Spielverderber, denkt Billy, den Seyppels hinterherblickend. Dann macht er sich über seine Schüssel her, es schmeckt ihm vortrefflich. Ein Triumph ist ihm sicher, er hat die beiden tüchtig auf den Rollmops geladen. Nie im Leben werden sie herauskriegen, was er tatsächlich mit dem blöden blauen Strumpf gemacht hat. Das Leben steckt voller Geheimnisse, und ein Chow ist schlau, viel schlauer als die Menschen, das hat Billy heute mal wieder schlagend bewiesen.

Die Nacht wird er dazu benutzen, den Ersatzstrumpf von Marta auf ebenso raffinierte Weise im Garten verschwinden zu lassen. Vielleicht spielen sie morgen dann wieder mit ihm »Auf der Suche nach dem verlorenen Strumpf...«.

Mit Marcel Proust, prahlt Billy in seinem Hochgefühl, kann einer wie ich es allemal aufnehmen, Chows sind große Epiker. (Da sieht man wieder, Lord Billy lebt in einem typischen Schriftstellerhaus. Da hängt der Himmel zwar nicht voller Geigen, doch voller literarischer Anspielungen, deren sich auch der Hund des Hauses zu bedienen versteht.)

Der Lord hat in seinem Leben viel gelernt. Mittlerweile begreift er gut, wenn Markart und Marta sich *symbolisch* ausdrücken. Früher ist er damit nicht ins reine gekommen. Einmal hat die Frau zum Mann gesagt: »Wir müssen uns in den Chow hineinversetzen!«

Der damals noch junge Billy war vor Schreck zusammengezuckt. Das klang beängstigend: Die Menschen wollten sich in ihn hineinversetzen? Sie waren doch viel größer...

Heute, wenn der Lord so was hört, läßt er es an sich

ablaufen, ganz entspannt und unbesorgt. Die verflixten Metaphern dieser Menschen hat der Chow längst durchschaut. Ein Soziologe und Politologe und überhaupt jeder wissenschaftliche Gebildete würde sagen: »Er kann damit umgehen.« Doch so akademisch gebildet will Lord Billy nun auch nicht sein. Am Ende mußte er sich gar noch »Dr. Lord Billy« nennen!

LORD BILLY BEDAUERT DIE ARMEN MENSCHEN

Als sie es schon nicht mehr glauben wollten, wurde es warm an ihrem Biskaya-Ort. Die Menschen finden das angenehm, nur Billy stöhnt proportional zum Steigen der Temperaturen, die Zunge hängt ihm fast bis zu den Zehen. Endlich findet er im Garten einen schattigen Platz, preßt den Rücken an eine feuchtkühle Felswand, schaltet ab und schläft die Wärme weg. Im Traum enteilt er zu seinem liebsten Heiligen, und der heißt Väterchen Frost.

Ein paarmal in seinem nun schon eine Anzahl Jahre währenden Leben hat Billy großes Glück gehabt, da gab es so richtig knochenkalte, knackend eisige Winter. Die Menschen vermummen sich bis unter die Augen, für ein wahres, würziges Wetter sind sie schlecht ausgerüstet, sie schlottern bei den niedrigen Temperaturen und fürchten, Nase und Ohren könnten ihnen abfallen. Lockt man sie trotzdem zu den zweimal täglich fälligen Spaziergängen in die Winderpracht, bringen sie unterwegs kaum die Zähne auseinander und fast kein Wort zustande.

Das ist nicht nett von ihnen. Der Chow braucht Ansprache und Lob bei seinen Ausflügen. So dumm und stumm durch die Landschaft, das gefällt ihm nicht. Erst trichtern sie ihm ein, auf ihr Gerede zu hören und zu reagieren, und dann halten sie die ganze Zeit die Klappe.

Inkonsequenz, dein Name ist Mensch.

Man ist auch nie ganz sicher, ob man irgendwas verkehrt gemacht hat. Okay, seine Maßstäbe sind nicht ihre Maßstäbe, doch eine gewisse Harmonie sollte schon garantiert sein: ein freundlicher Zuruf, ein Streicheln mit der Stimme. Der Chow ist sehr sensibel und kann das verlangen.

Seyppels verstummen beim Winterspaziergang vor allem nach dem Besuch bei jemandem, der Zahnarzt heißt. Da könnte man tatsächlich annehmen, sie hätten dort ihre Zunge verschluckt. Billys Gebiß ist in Ordnung; dabei wollen sie ihm einreden, nach dem Kalender sei er älter als Markart und Marta. Zumindest müssen die beiden dann schon ziemlich zerrüttet sein, am schlimmsten in ihren Mündern. Weil ihr ein Zahn gezogen worden war, hat sich Marta neulich fürchterlich angestellt. Es sei der erste, den sie einbüße, hat sie Markart vorgejammert. Zwei Tage ist die Frau mufflig mit dem Lord durch die Gegend gelaufen. Wenn sie keine Worte herausbringt, sollte sie vielleicht mal bellen. Doch es klingt merkwürdig, wenn Seyppels versuchen, Billys volles, wohlklingendes »Woff« zu imitieren. Besser, sie lassen es sein.

Menschen sind ausdrucksarme Geschöpfe. Mit dem Schweif wedeln können sie auch nicht. Zum Ausgleich streicheln sie ihren Chow unterwegs hin und wieder.

Fehlte bloß noch, daß ihnen die Hände plombiert werden, oder wie man das nennt, dann wäre jede Verbindung unterbrochen.

Vor Wochen hörte der Spaß ganz auf, da ist Markart eine Weisheitszahnwurzel herausoperiert worden, der Mann war völlig weggetreten. Nicht mal mehr tätscheln konnte er seinen allerbesten, allerschönsten Hund, weil ihn angeblich jede Bewegung überall schmerzte. Was hat Billy mit Ärzten schon alles durchmachen müssen, wie haben die herumgefuhrwerkt an seinen Augen und beiden Hinterläufen – na und? Knapp zwei Tage später war Billy wieder voll da. Vom Standpunkt des Vierbeiners aus betrachtet, sind die Zweibeiner ziemlicher Ausschuß, die Natur muß schon reichlich müde gewesen sein, als sie den sogenannten Homo sapiens schuf.

Kommen sie vom Zahnarzt, riechen sie so verdammt nach Medizin; man mag gar nicht nahe an sie herangehen, obwohl man sie doch trotz aller ihrer Wehwehchen gut leiden kann.

Marta erzählt Markart was von einem Sigmund Freud, der habe sich sein Leben lang Chows gehalten. Das gefällt dem Lord, beweist es doch den exzellenten Geschmack jenes Sigmund. Billy wird auf der Stelle Freudianer.

»Ich erinnere mich«, sagt Markart, »habe gelesen über diesen besonderen Herrn und seine besonderen Hunde. Schließlich brauchte der Professor keine Uhr mehr in seinen Sprechstunden. Auf die Minute genau erhob sich der Chow, wenn die Sitzung auf der Couch vorüber war. Ein Patient ging, und der nächste trat ein, bis das Tier auch da wieder exakt das Ende der 45-Minuten-Behandlung anzeigte . . .«

»Das sind Erinnerungen aus den guten Zeiten«, bestätigt Marta. »Aber weißt du noch, wie sehr es Freud später bedrückte, daß der Chow erschrocken zurückzuckte, wenn er, der schwerkranke Mann, sich zu ihm hinunterbeugte? Kiefer und Mundhöhle Freuds waren vom Krebs zerstört, das Tier konnte den Geruch nicht ertragen ...«

»Billy flüchtet ja schon, wenn man bloß eine frische Plombe hat und ein wenig nach Medizin riecht ...«

Jürgen nähert sich vom Haus her, erblickt die beiden wachen Menschen und den schlafenden Hund.

»Bildet ihr wieder eure spezielle Form von Dreieinigkeit, die gemischte Heilige Familie?«

Marta erläutert, daß Billy Freudianer sei, und fügt die Gründe dafür an. Jürgen legt gleich los:

»Billy ist ein sehr eingebildeter Hund, und mit der Theorie Freuds würde er schnell über Kreuz geraten. Das Über-Ich und die Selbstkontrolle zum Beispiel. Das Vieh ist nicht mehr als ein Bündel von Trieben, keine Spur von Veredelung und Sublimation ...«

»Du kannst den Lord nicht beleidigen«, wehrt Marta ab. »Aber es gibt noch eine andere Gemeinsamkeit zwischen Freud und ihm. Der Wiener definierte die Religion als ›ozeanisches Gefühl‹, und nun denkt daran, wie der Chow neulich nicht vom Meer weg wollte ...«

Jetzt haben die Stimmen eine Lautstärke erreicht, die der schläfrige Billy als unangenehm empfindet. Zwar ist es ihm recht, wenn über ihn geredet wird, doch sollten die Menschen dabei leise sprechen. Als hätte Marta verstanden, was ihr Chow sich wünscht, senkt sie die Stimme und gefällt sich in Erläuterungen des »ozeanischen Gefühls«. Das sei so was wie religiöses Empfinden, beim Blick aufs Meer entstehe eine Ahnung von

Unendlichkeit, jedenfalls gehe das einem Menschen so, wenn er dafür Antennen besitze, und daß Billy neulich vom Meer kaum wegzubringen gewesen sei, beweise, daß eine Ahnung davon das Tier ergriffen habe.

Markart merkt nun an, ihm ermangele es leider dieser Antennen; wenn er aufs Wasser blicke, denke er an die Verschmutzung und Vergiftung der Weltmeere und kein bißchen an den lieben Gott, der, falls es ihn gebe, den Menschen leider nicht ihr elendes Handwerk der Naturgefährdung lege. Ja, Markart vertritt jetzt die praktische Vernunft, während Marta die Partei der Himmelsgläubigen ergriffen hat, was sonst gar nicht ihre Sache ist. Zu allem Überfluß sagt Marta nun auch noch, Billy sei vermutlich Buddhist.

Der Lord, dermaßen als einer fernöstlichen Religion zugehörig bezeichnet, fühlt sich geehrt, obwohl er das seltsame Wort noch nie vernommen hat. Sie sprechen daheim im Taunus über Gott und die Welt, ausgenommen diesen Buddha, der, wie Billy nun hört, ein früher, rundbäuchiger und äußerst toleranter asiatischer Gott gewesen sei. Billy stutzt. Wollen sie damit etwa sagen, er sei dick? Sonst erklären sie doch allen Leuten, die seinen üppigen Pelz als Körperfülle mißdeuten, der Lord habe kein Gramm Fett zuviel an sich, und das stimmt schließlich auch. Er hat da wahrscheinlich etwas falsch verstanden und will hören, was die Frau weiter sagt: »Die Herkunft des Chow ist unsicher. Klar ist nur, er lebte in Tibet und China; in der Han-Periode, etwa hundertfünfzig vor Christus, finden sich die ersten bildlichen Darstellungen der Rasse, das bedeutet also, der Chow und der Buddhismus entstammen den gleichen Gebieten.«

»Und deshalb soll Billy Buddhist sein?« fragt Jürgen, sich auf seine Ungläubigkeit versteifend.

Marta fordert Jürgen auf, dem Chow genau in die Augen zu sehen, da könne der eiskalte Europäer die ältesten asiatischen Weisheiten erblicken.

Billy akzeptiert sofort, daß in seinen Augen asiatische Weisheiten enthalten seien, nur direkt in die Augen sehen läßt er sich ungern, denn unter Hunden gilt das als feindselige Provokation. Weil dieser Jürgen nun tatsächlich herkommt und in Billys Augen zu blicken versucht, läßt der umstrittene Asiat stoisch die Rollos herunter.

»Er macht die Augen zu!« beschwert sich Jürgen. Dann fragt er Markart: »Hältst du Billy auch für einen Buddhisten?«

Marta, obwohl sie gar nicht gefragt worden ist, hat die Auskunft schon parat: »In der Hauptsache bestimmt, das soll heißen...«

Jürgen protestiert: »Ich frage Markart nach seiner Meinung!«

Endlich kommt der Mann zu Wort: »Seit Jahren freut es mich, wenn Marta sich zu meinem Dolmetscher macht. Mögen Journalisten oder Leser sich bei mir nach irgend etwas erkundigen, egal, ich habe meine Pressesprecherin, ob mir das paßt oder nicht.«

»Entschuldige«, sagt Marta, »ich werde auf der Stelle meine Zunge verschlucken...«

»Immer diese leeren Versprechungen. Darf ich jetzt zu Ende reden?« Jürgen nickt, die Frau schweigt nachdrücklich, und der Hund hält die Augen geschlossen. »Die geographischen Details der Chow-Herkunftsgeschichte werden die Hunde-Historiker noch lange beschäftigen, doch Buddha ist in jedem Fall zuständig. Billy beherrscht ein Hauptmerkmal der Lehre – die Meditation. So, wie er sich in sich selbst versenken kann, setzt er Maßstäbe, das soll ihm ein Mensch erst mal nachmachen...«

Jürgen stimmt verblüfft zu, nur Marta ist plötzlich skeptisch: »Jetzt könnt ihr triumphieren. Ich werde mir selbst widersprechen. Mir scheint, Billy wäre bei den Buddhisten gar nicht gut bedient. Sie fürchten, daß sie die Wiedergeburt am falschen Ende erwischen und als Tier wieder auf die Welt kommen könnten. Tiere sind in ihrer Hierarchie ziemlich weit unten angesiedelt.«

Jürgen schüttelt den Kopf: »Da hast du nun absolut unrecht. Viele meiner Bekannten und Freunde sind ganz hin von den asiatischen Lehren. Da gibt es Geschichten... bloß mal die hier: Einer der Lehrer und Begründer des Buddhismus ist der Königssohn Siddharta, und – paß gut auf, Marta – der senkte sich der Legende nach als weißer Elefant, also in Tiergestalt, aus der Götterregion herab und ging als fünffarbiger Lichtstrahl in den Leib seiner Mutter ein. Ein berühmtes Exempel unbefleckter Empfängnis. Geboren wurde der Götterabkömmling dann durch die rechte Seite oder die Achselhöhle seiner Mutter...«

»Sehr praktisch!« findet die Frau. »Der fünffarbige Lichtstrahl fasziniert mich... Befruchtung durch Laser. Und der Elefant am Beginn ist unschlagbar, dazu noch ein weißer. Wenn ich mir das überlege, Verwandtschaften sehe ich schon, Chows besitzen ein Elefantengedächtnis für Gutes und Schlechtes, die vergessen nichts.«

Die drei Menschen spinnen ihren Faden weiter, und Billy, um dessen Religion es geht, sägt wie eine ganze Holzfällermannschaft. Seine Vorderläufe zucken, er legt gewaltige Strecken zurück, ohne sich von der Stelle zu bewegen. Seine Traumarbeit ist sichtbar, er schnauft vor Anstrengung, und Markart sagt:

»Dieser Glaube oder jener, ich kriege Hunger!«

Jürgen und Marta verschwinden in Richtung Küche.

An der Hintertür lauert die ungeduldig miauende Isabella, ihr knurrt der Magen, sie streicht um Martas Beine, schmeichelt und schnurrt, die Körpersprache ist perfekt. Marta zerpflückt gekochten Fisch für die Kätzin und entfernt sorgfältig die Gräten: »Da unterscheiden sich Katze und Hund. Billy würde nie um Nahrung bitten. Das hält er für unter seiner Würde.«

Jürgen setzt einen Topf mit Wasser für Spaghetti auf die Gasflamme. »Normale Hunde betteln um Essen, wenn sie hungrig sind, aber ihr laßt es gar nicht erst zum leeren Bauch bei Billy kommen, der hat es nicht nötig, sein Fressen einzufordern.«

»Billy frißt nicht, er ißt, und zwar sehr manierlich.«

»Ja klar, mit Messer und Gabel! Ich warte auf den Tag, an dem ihr den Köter mit an den Tisch setzt und ihm eine Serviette umbindet.«

»Ob mit Serviette oder ohne, Spaghetti mag Billy nicht. Was soll's denn für uns zu den Nudeln geben?«

»Wird eine Überraschung«, antwortet der Hobbykoch, »du kannst dich ums Grünzeug kümmern, Fenchelknollen sind dort in der Tüte.«

Marta wäscht die weißen aromatischen Knollen und schneidet sie in feine Scheiben. Isabella will Nachschlag vom Kochfisch. Verbrauchte sie für ihre nächtlichen Ausschweifungen nicht so viele Kalorien, würde sie als Kugel zurück nach Oberreifenberg rollen. Marta bedient ihre Katze: »Sieh mal hin, fällt dir was auf, wenn Isabella ißt?«

»Die Katze paßt verdammt auf dabei, wahrscheinlich hat sie Angst, daß Billy durch die Tür stürmt und sie, während sie ihren Fisch verzehrt, auffrißt.«

»Katzen sichern immer besorgt nach allen Seiten, wenn sie futtern.«

Jürgen staucht die langen Spaghetti vorsichtig ins kochende Wasser, sie sollen sich biegen, ohne zu brechen: »Vor Wochen reisten einige Meisterköche aus der Bundesrepublik durch China und kosteten alles, was ihnen vorgesetzt wurde, Heuschrecken und gegrillte Schlange, bloß bei gebratener Katze kapitulierte einer.«

»Das war Witzigmann. Ich hab's mir gemerkt wegen der Begründung: ›Katze esse ich nicht, da kann ich daheim meinem Kater nicht mehr in die Augen sehen.‹«

»Wir erleiden einen kulturell-kulinarischen Schock, wenn in China und Korea Hunde und Katzen aufgetischt werden, aber wir fressen ungerührt Osterlämmchen und kuschlige Kaninchen, das ist eine Frage der Erziehung und Gewohnheit...«

Marta nickt: »Seit wir Katzen im Haus hatten, konnte ich nie mehr Hasenbraten machen. Wenn die so abgezogen auf dem Tisch lagen, kam es mir vor, als wollte ich Isabella in die Pfanne hauen. Konsequente Tierschützer sind oft Vegetarier, oder sie werden es, wenn sie sich eingehend mit dem Thema beschäftigen. Manche Menschen geben sich die größte Mühe zum Schutz der Kreatur. Nur mit der Solidarität der Tiere untereinander ist es nicht weit her. Isabella genießt ihren Fisch und ist ganz selig dabei, und wenn ich mir ausmale, ich wollte Billy auf vegetarische Ernährung umstellen, der würde mir aber was erzählen. Neulich hörte ich von einem jungen Spanier, der versuchte, seinen Hund mit Haferflocken satt zu füttern...«

»Ein Spanier? Hier aus dem Ort?«

»Nein, daheim in Oberreifenberg. Du hast doch bei uns Larissa Mahlmann kennengelernt...«

»Die Frau, die jetzt Blumen bei euch gießt und sich um das leerstehende Haus kümmert.«

»Das sind Freunde aus der Nachbarschaft. Sie kennen eine spanische Familie, der Mann, José, arbeitet bei Hoechst, an den Wochenenden besorgt er Mahlmanns Garten. Jedenfalls übersiedelte der Neffe von José aus Bilbao auch in die Nähe von Frankfurt. Er wollte sich was Lebendiges aus der Heimat mitbringen, damit ihm die Trennung nicht so bitter würde, und reiste mit Hund ein, zuerst ging das noch, da war die Dogge nicht ausgewachsen ...«

»Dogge? Werden die nicht so groß wie Kälber?«

»Ein prächtiges Tier, grau-weiß gefleckt, die Zeichnung attraktiv, ich glaub', man nennt das Harlekin. Der junge Spanier und sein Hund zogen in ein Zwanzig-Quadratmeter-Appartement, das wurde mit jedem Tag enger, vor allem für die Dogge. Unterschätzt hatte Josés Neffe das Wachstum und den Appetit des Hundes. Zwar hatte der Spanier einen Arbeitsplatz, doch der Lohn reichte nur zu Haferflocken und Fleischbrühe für die Dogge.«

»Und als man bei dem armen Vieh schon alle Rippen zählen konnte, haben es Mahlmanns gerettet ...«

»Woher weißt du das?« Marta fühlt sich um das gute Ende ihrer Geschichte gebracht.

»Nicht schwer zu erraten. Als Larissa bei euch war, sah ich eine Riesentiger-Dogge bei ihr im Wagen sitzen. Einen Hund und eine Frau kann ich immer noch zuverlässig zusammenrechnen.«

»Zwei Hunde und eine Frau. Kurz vorher schafften sich Mahlmanns einen jungen Rottweiler an, weil ihr Dobermann Bronco gerade mit knapp einem Jahr an Krebs gestorben war ...«

»Meine Güte«, stöhnt Jürgen, »das ist ja das reinste Hundelabyrinth.«

»Billy fand auch, daß es bei Mahlmanns mit ihren verschiedenen Tieren zu unübersichtlich wurde, deshalb versuchte er, ein paar aus dem Weg zu räumen. Nicht Bronco, den hat er gern gemocht, weil wir oft mit ihm und Larissa spazierengingen, doch mit den Nachfolgern, der Dogge Nino und dem Rottweiler Benjamin, wollte der Lord kurzen Prozeß machen.«

»Die Dogge ist doch viel größer als ein Chow, und dann noch der Rottweiler dazu?«

»Laß es dir von Markart berichten, mir ist es verboten, weil Billy nicht nur die beiden Hunde angriff, sondern Markart auch noch übertölpelte. Markart verschweigt den Vorgang, weil er sich erstens von seinem Hund hintergangen und überlistet fühlt und weil zweitens die ganze Geschichte nur das dumme Vorurteil nährt, der Chow-Chow sei ein falscher, hinterlistiger Hund.«

Nachdem Marta das Verbot, die Geschichte des hinterlistigen Überfalls zu erzählen, ausdrücklich erwähnt hat, erzählt sie die Geschichte doch, denn wenn zwei Menschen in einer Küche zusammenhocken, ziehen sie liebend gern über einen abwesenden Dritten her.

Markart war also an einem Sonntagmorgen mit Billy unterwegs und traf Thomas Mahlmann samt Dogge und Rottweiler. Die Hunde nahmen Platz, die beiden Männer unterhielten sich. Plötzlich wurde der schöne Sonntagmorgen von einem zornigen Knurren unterbrochen. Billy, der falsche Fuffziger, hatte sich hinter Markarts Rücken gelagert und war mit einem gewaltigen Satz auf- und an seinem Herrn vorbeigesprungen. Die neue Lederleine zerreißend, fiel er die beiden anderen Hunde wütend an. Markart, der zu Boden gefallen war, hatte Mühe, Billys Leibgeschirr zu ergreifen und Billy wegzuzerren. Der Zweimetermann Thomas zog seine beiden ergrimmten Tiere zur Seite, die Dogge blutete an der Lippe, und Billy führte einen Tanz auf, als habe er noch nicht genug.

Markart verübelte Billy die Hinterlist, sich erst ganz friedlich und manierlich aufzuführen. Normalerweise lagerte Billy sich vor oder neben Markart, in diesem Falle hatte er sich absichtsvoll so hinter Markart niedergelassen, daß er außer Sichtweite war. Auch dann wartete Billy noch ab, bis die beiden befreundeten Männer sich arglos miteinander unterhielten. Erst dann wurde der Angriff gestartet, was auf planvolle Vorbereitung hindeutete.

Markart verübelte dem Lord weniger den Angriff als die tückische Vorbereitung, mit der seine Wachsamkeit ausgeschaltet wurde. Er teilte zwar die Meinung der Fachleute, daß Tiere nicht denken können. Was Billy lieferte, deutete jedoch auf eine Art Denkprozeß hin, gewisse Situationen erfaßte er auf eine fast rational zu nennende Weise. Der liebe gute Hund verwandelte sich im Handumdrehen in einen berechnenden Angreifer, der seine Überfälle so cool wie ein menschlicher Krimineller plante. Dieser Gedanke war Markart unangenehm, und am unangenehmsten daran war, daß Markart zugleich etwas wie Bewunderung fühlte. Was ist Billy doch für ein Mordskerl, sagte er sich, und dabei schauderte es ihn ein wenig.

LORD BILLY ALS HÖHLENFORSCHER

Billy war schon immer überzeugt gewesen, daß Hunde so wichtig waren wie Menschen, oft sogar wichtiger. Was er jetzt in Spanien erfuhr, festigte seine Meinung. Nehmen wir nur das Drum und Dran dieser weltberühmten Höhlen von Altamira – wem hatte man es zu verdanken, daß die kostbare Stätte überhaupt entdeckt worden war? Einem Hund! Ohne diesen Artgenossen liefen Einwohner und Besucher noch immer blöd und blind durch die Gegend und ahnten nichts von den Schätzen unter ihren Füßen.

Billy hörte genau zu, wenn Markart, Marta und Jochen mit dem Fernsehteam über die Höhlengeschichte sprachen. Sie täuschten sich, wenn sie meinten, ihn über die wahre Rolle des Hundes täuschen zu können.

1868 streifte ein Jagdpächter mit seinem klugen Rüden durch die Landschaft, wobei der Jagdpächter-Hund aus Versehen in eine Felsspalte rutschte. Aus Versehen! Da konnte Billy nur verächtlich durch die Nase schniefen. Selbstverständlich hatte hier schon der Spürsinn seines frühen Artgenossen gewirkt. Der hatte gewittert, was sich Aufregendes unter uraltem Gestrüpp und wilden Steinbrocken verbarg – der Eingang zu einer Höhle.

Im allgemeinen scherte Billy sich nicht um das Ansehen seiner lebenden und verstorbenen Verwandten. Doch hier ging es ums Prinzip. Da sollte seinesgleichen um die Frucht der Spürnase gebracht werden. Das wollte der Chow nicht hinnehmen. Gerechtigkeit für Hunde! hieß die Parole. Es war notwendig, daß Billy endlich Ordnung in die Historie brachte. Der Hund und sein Fund waren schändlich unterschätzt worden.

Vielleicht hatte sich damals der Rüde in seinem Forschungseifer übernommen und nicht gut auf das Gelände achtgegeben, war in eine verklemmte Lage geraten und auf Hilfe von oben angewiesen. Alle Entdecker brauchten jemanden, der ihnen zuarbeitete. Die Tat aber gehörte ganz allein dem Tier. Wie stellten die neidischen Menschen das Ereignis später dar? Aus lauter Dusseligkeit sei der Hund zwischen zwei Felsen gerutscht. Selbstverständlich war dem spanischen Rüden klar: Es ging um die *Cuevas de Altamira*.

Nachdem der tüchtige Pionier die Menschen auf die Höhle hingewiesen hatte, behandelten sie ihn als Trottel, der seiner vier Pfoten nicht mächtig war. Diese Mißachtung kränkte Billy noch heute, reichlich hundertzwanzig Jahre später.

Schließlich kroch ein Mann aus Santander dort herum, wo und wie es ihm der kluge Rüde vorgemacht hatte, erkannte aber immer noch nicht die Bedeutung des Fundes.

1878 besuchte der Mann aus Santander die Weltausstellung in Paris, und es fiel ihm wie Schuppen von den Augen. In der französischen Hauptstadt wurden Zeugnisse der Vergangenheit einer staunenden Öffentlichkeit präsentiert, und das Publikum begeisterte sich für die alte und älteste Geschichte.

Das hätten die Leute schon lange von den Hunden lernen können. Die sind überglücklich, wenn sie an verwitterten Steinen und antiken Gemäuern schnüffeln können. Hier dachte Billy bitter an den historischen Friedhof, von dem er ausgesperrt worden war.

Weiter mit Altamira: Kaum wieder daheim, eilte der Weltausstellungsbesucher zu der Höhle in der Nachbarschaft, und er nahm seine neunjährige Tochter mit. Tiere und Kinder, stellte der Lord fest, wissen am besten, worauf es ankommt im Leben. Das zierliche Mädchen zwängte sich durch den engen Spalt, in dem der Entdekker-Hund schon gesteckt hatte. Die Kleine kam ans Ziel, blickte sich um und rief: »Schau, Papa, Ochsen!«

Deutlich erkennen konnte das Mädchen die Zeichnungen an den Wänden, weil ihr der Vater Fackeln nachgereicht hatte ins Gewölbe. Ein Triumph der Tiere! fand Billy. Der wirklichen und der gemalten. Die Zeichnungen waren rund 15 000 Jahre alt und gut erhalten. Bloß danach gab es ein ewiges Hin und Her, weil die übrigen Männer und Frauen, die sich einbildeten, etwas davon zu verstehen, dem Bürger aus Santander und seiner Tochter nicht glauben wollten. Menschen sind denaturiert, weder trauen sie ihren Nasen, ihren Augen noch einander.

Später überschlugen sich alle vor Bewunderung, nur der wahre Aufspürer dieser historischen Stätte wurde um seinen Ruhm betrogen, der arme Hund.

Für das Team und Markart lief mit den Höhlen auch nicht alles so, wie sie es wünschten. Trotz vieler Genehmigungen zum Anschauen und Filmen der berühmten Ochsen gab es immer neue Einwände der Verwaltung. Billy fuhr mit, wenn sie in der Höhle zu drehen versuchten. Langsam wuchs ein Plan in ihm, der Chow-Ehrgeiz war geweckt. Was dieser Jagdhund im Jahre 1868 gekonnt hatte, das brachte der Lord schon lange fertig, sie mußten ihm nur die nötige Forscher-Freiheit einräumen. Die Gegend hier steckte voller Höhlen. Wenn die Verwalter in Altamira seinen Markart nicht reinlassen wollten, dann war Billy es sich und dem Manne schuldig, ein anderes Gewölbe mit Tiergemälden zu entdecken.

Seyppels wunderten sich, wenn sie mit dem Lord bei Altamira herumspazierten: »Dieser verdammte Kerl ist nicht zu halten«, stöhnte Markart, »heute ist er mir doch wieder entwischt und hat sich ins Felsengewirr gestürzt!«

Der Mann, der nicht begriff, was seinen Chow zu den Expeditionen antrieb, verkannte die guten Absichten als Ungebärdigkeit. Tiere werden von Menschen oft mißverstanden.

Billy ließ es sich nicht verdrießen, daß mit ihm geschimpft wurde. Die Geschichte ist voller verkannter Genies. Man mußte sich taktisch verhalten. Zwei Tage lang benahm er sich wie ein braver Spaziergefährte. Er wiegte Seyppel in Sicherheit, verlor jedoch sein Fernziel nicht aus der Nase. Ringsum duftete es vielversprechend. Im Kopf, in seinem Elefantengedächtnis, notierte sich der Chow die markanten Punkte. Was er brauchte, waren vier, fünf Stunden Selbständigkeit.

Marta auszureißen, wenn er mit ihr allein unterwegs war, schien Billy nicht angebracht. Die Frau würde einen Nervenzusammenbruch erleiden, wenn ihr der Lord abhanden käme. Sie war nicht gut dran mit ihrem Herzen und brauchte Schonung. Im Reich der Gesundheit war auch Markart nicht gerade Kaiser, doch alles in allem stabiler gebaut. Schließlich wollte der Hund seinen Ausflug zu Seyppels Bestem unternehmen. Eine Höhle für den Mann mit bunten Bisons an den Wänden, dafür mußte Billy was riskieren.

Er hatte die Methode schon früher trainiert, zum Beispiel, wenn eine heiße Hündin in die Nähe kam: Kopf zurückwerfen, die Lederleine kurz über dem Karabinerhaken, der sie an seinem Brustgeschirr befestigte, zwischen die Zähne nehmen und kurz und kräftig zubeißen, und schon war er frei.

Er griff nicht gern zu diesem Mittel. Die Seyppels

wurden dann sehr ungnädig. Markart sprach ernsthaft von Vertrauensbruch zwischen Mann und Hund, Marta strafte Billy durch Anschweigen. Schließlich rechneten sie ihm vor, daß ein Lederriemen mehr als fünfzig Mark koste; das Finanzielle aber ließ den Lord kalt. Tiefer traf ihn, daß er nicht raus durfte. »Wer seine Leine zerbeißt, muß daheim bleiben«, erklärte Markart unerbittlich. Zwei oder drei Tage blieb er dabei.

Kein Gewinn ohne Einsatz! sagte sich Billy in Spanien, befreite sich und war auf und davon, ein Entdecker kurz vor seiner großartigen Tat. Markart war weit abgeschlagen, und der Chow sauste zu einer bestimmten Felsengruppe.

Unerwartet tauchte Jürgen dort auf. Er packte Billy am Geschirr und zog mit der anderen Hand seinen Ledergürtel aus den Hosenschlaufen. Den verwendete er als Hilfsleine und hielt den kühnen Forscher fest, womit Billys Träume von Ruhm und Ehre zunichte wurden.

Jürgen überbrachte Nachrichten vom Fernsehteam: Es mußte einen Tag früher abreisen als vorgesehen. Jetzt sollten schnell die letzten Szenen abgedreht werden. So scheiterte Billys großer Plan an Zeitmangel. Statt Anerkennung bekam er von Markart einen Anschnauzer. Marta flickte die Lederleine, und in der Eile blieb Billy zumindest der Hausarrest erspart.

Marta ist der Verzögerungen durch die Altamira-Verwaltung überdrüssig. »Machen wir doch eine Reportage über das heutige Guernica«, schlägt sie vor, »das liegt hier ganz in der Nähe.«

Es ist nicht weit bis zu der baskischen Ortschaft, die 1937 als erste offene Stadt Opfer eines Luftangriffs geworden war. Deutsche Flieger der »Legion Condor« hatten für Franco dort Bomben auf die Zivilbevölkerung abgeworfen, es starben Männer, Frauen, Kinder, Tiere. Pablo Picassos Gemälde kündet von dem Verbrechen. Das Kunstwerk ließe sich gut im Fernsehfilm zeigen, dazu Gespräche mit den heutigen Bewohnern der Stadt. Markart und Jürgen stimmen der Frau zu, Worte und Bilder könnten gemeinsam wirken.

»Wenn man bedenkt, was allein schon der Stier auf dem Gemälde hergibt«, sagt Jürgen, »der steht als Symbol für die Zukunftshoffnung des spanischen Volkes. Wenn es auch lange gedauert hat, jetzt sind sie ihren Diktator Franco los, und die Leute setzen sich mit der faschistischen Periode auseinander, da ist Guernica als Ort der Opfer wichtig...«

Kameramann I ist nicht abgeneigt und zitiert einen Aufsatz von Rudolf Arnheim. Der Publizist, früher Mitarbeiter der »Weltbühne«, wegen der Nazis in die USA emigriert, habe als erster den ästhetischen Wert und die politische Ausgabe von Picassos Werk gelobt. Arnheims Essay sei selbst ein Kunstwerk...

Der Kameramann redet sich in Eifer: »Der Stier steht nicht nur für Spanien, er steht auch für Picasso. Erkennen läßt sich das an der Position des Tieres. Es ist ins

Ensemble der übrigen Figuren eingefügt, wendet aber zugleich den Kopf von der Szene weg, was dem geographischen Aufenthaltsort des Künstlers entspricht – er befand sich in der französischen Emigration, als er das Bild malte. In seiner Empörung über den Angriff auf Guernica aber fühlte er sich eng verbunden mit der Heimat...«

»Großartig«, unterbricht Markart, »bloß sollen wir keinen Film über Picasso machen. Interviews in Guernica, okay, aber keine Einzelheiten des Gemäldes, sonst heißt es vom Sender: Thema verfehlt!«

Kameramann I sieht das ein. Sie beschließen, daß er, Jürgen und Markart noch einmal nach Altamira fahren, um mit den zuständigen Beamten zu reden.

Auf das Stichwort »fahren« erhebt sich Billy voller Elan. Dauernd dieses Gerede von anderen Tieren. Die Stiere und Ochsen gehen ihm auf die Nerven, und was soll das sein mit dem Picasso-Bild? Ist da nicht einmal ein Hund drauf? Wenn dem so wäre, kann das Bild nicht realistisch sein und wahr oder wichtig erst recht nicht.

Und nun bemerkt Marta auch noch: »Wenn Picasso sich selbst als Stier im Gemälde gesehen hat, erhalten die vielen gezeichneten und gemalten Stiere ihre besondere Bedeutung. Häufig zeichnete er aber auch Katzen. Wen versinnbildlichen die denn?«

Bei den Antworten hört Billy gar nicht hin. Warum sich ein großer Künstler – und das sollte Picasso ja sein – die Mühe machte, Zeichnungen, Gemälde, Skulpturen von Katzen anzufertigen, bleibt dem Chow schleierhaft. Der Maler kann ihm den Buckel runterrutschen, erstens wegen der fehlenden Hunde im Guernica-Bild und zweitens – das beleidigt Billy noch stärker –, dieser Mann sah sich in einem Stier, oder sah er einen Stier in sich?

Der Lord verlangt jetzt Aufklärung und Trost. Ist er unter lauter Inder geraten? Glauben die etwa alle an heilige Kühe? Da muß er sich kräftig in Erinnerung bringen. Der Chow schreitet würdevoll herbei und legt sich neben Markarts Stuhl.

Der Mann krault ihm freundlich die wollige Stirn. Marta versucht sich in Billy einzufühlen: »Kein Angst, Billy, du bist für uns mindestens so wichtig wie für Picasso die Stiere, und wenn wir dich auch nicht malen können, bemühen wir uns doch, dich zu beschreiben.«

WARUM DIE HÖHLENMALER MALTEN

Nach dem Essen wurde Siesta gehalten, jeder suchte sich einen Platz mit der gewünschten Portion Sonne oder Schatten. Altamira beschäftigte sie. Alle außer Billy sannen über die Felsgemälde nach. Seit Jahrzehnten fragten die Kulturhistoriker: Warum wurden die Zeichnungen gemacht? Welchen Anlaß, welchen Grund hatten die Menschen vor 15 000 bis 20 000 Jahren dafür? War es Beschwichtigung oder Beschwörung, Abbitte an die getöteten Tiere, oder sollte durch die dargestellte Beute künftiges Jagdglück herbeigerufen werden? Wisente, Auerochsen, Pferde und Vögel sind da eingeritzt oder aufgemalt, schwarz oder auch in starken, bunten Farben, manche zeigen Wunden von Pfeilen und Speeren, andere sind unverletzt abgebildet.

Aus schierem Schönheitssinn war wohl nicht gewerkelt worden, dafür forderte das Leben zuviel Kraft und

Mühe. Die Kunst um der Kunst willen setzt eine Erleichterung des Alltags voraus, die Sinne verfeinern sich erst, wenn die elementaren Bedürfnisse Essen, Trinken, Wohnen, Kleiden erfüllt sind. Dennoch waren die Kunstwerke in den Höhlen von hohem ästhetischem Reiz.

Marta in ihrem Liegestuhl befreundete sich mit der Auslegung, die begabten Vorfahren hätten gemalt, um die erlegten Tiere zu versöhnen, wie Indianer und nordische Völker den Bären um Verzeihung baten, nachdem sie ihn getötet hatten.

LORD BILLY KLAUT OCHS UND MENSCH DIE SCHAU

Während des Team und Markart Fernsehbilder von den uralten Felsenbildern machen, läuft Billy mit Marta auf dem großen Parkplatz vor dem Eingang zu den Höhlen von Altamira herum. Die Männer drinnen brauchen Zeit für ihre Aufgaben, so lange wollte die Frau den Hund nicht im Auto eingesperrt lassen. Ein kurzer Widerstreit zwischen Gemälde und Wirklichkeit – Billy siegte. Erstens gab es ausgezeichnete Reproduktionen von den Höhlen-Kunstwerken, zweitens könnte Marta das alles im Film betrachten.

In Bussen reisten ganze Schulklassen an, die Jungen und Mädchen verharrten wie gebannt vor dem Chow. Der war sich seiner Rolle bewußt und spielte sie voll aus. Zufällig fand sich in dem weiten Gelände kein anderer

Hund. Billy gab sich als Mischung aus Frühstücksdirektor und Begrüßungsaugust und lieferte ein vollendetes Opening für das internationale Unternehmen Altamira.

Anfangs lief er den Menschengruppen entgegen, dann lagerte er sich malerisch auf dem grünen Wiesenhang neben der Eingangstreppe. Er mußte nicht buhlen um Zuwendung. Sinnlich ausgerichtet aufs Animalische, wie die Besucher nun einmal waren, erschien ihnen der Hund als organische Eröffnung. Manche Kinder machten Anstalten, die vorgesehene Besichtigungszeit ganz in den Chow zu investieren. *León* war drauf und dran, die toten Ochsen im Erdinneren um Längen zu schlagen. Das konnten die Lehrer nicht hinnehmen; freundlich, aber bestimmt scheuchten sie die Jungen und Mädchen zu den Kunstwerken.

Das war nicht schlimm, die nächste Klasse folgte mit Sicherheit. Dazwischen reisten Ehepaare oder kleine Fahrgemeinschaften aus aller Herren Länder an, das internationale Interesse an den fabulösen Zeichnungen stand ganz außer Zweifel.

Marta hat Anlaß, ihre paar Brocken Spanisch, Französisch und – auch für Schweden sowie andere Nordland-Bewohner anwendbar – Englisch zusammenzusuchen, um die erbetenen Auskünfte über Billy zu erteilen. Die Fragen laufen immer nach diesem Schema ab:

Oh, was für ein schöner Hund – was ist das für eine Rasse? Mag er fremde Menschen – darf man ihn streicheln? Pessimistische Naturen formulieren skeptisch: Beißt er?

Das fällt dem Chow gar nicht ein, seine Freundlichkeit strömt den Hang hinunter und umhüllt die Besucher – alles nach dem Motto: Wie du mir, so ich dir.

Marta hat den Lord seit langem nicht so ausgeglichen und glücklich erlebt – sie überlegt schon, ob sie das für den Hund Angenehme vielleicht mit dem für sie Nützlichen verbinden sollte, gegen eine angemessene Entschädigung könnten die Höhlenverwalter Billy als Vorempfangschef engagieren, die Frau als Erklärerin dazu.

Die äußeren Bedingungen sind heute sehr günstig für das Tier, es ist ein kühler, leicht windiger Tag. Bei den im Sommer ansteigenden Temperaturen wäre es mit Billys Genuß am Job bald vorbei, er ist ein umgekehrtes Schönwetterflugzeug, Hochform erreicht er im klimatischen Tief.

Das Defilee fand seine Krönung, als ein älteres englisches Ehepaar erschien – sie kannten sich aus mit Chows, hatten bis vor wenigen Jahren selbst einen im Haus gehabt, feierten mit Billy Wiedersehen, nahmen an ihm starke Ähnlichkeiten mit dem eigenen Tier wahr. So die sehr langen Beine, die in Deutschland nicht üblich, in Großbritannien häufiger anzutreffen sind. Billys Mutter war ein Beispiel für die englische Linie gewesen, wie Peter Nemetz den Seyppels berichtet hatte.

Inzwischen hatte es sich bis in den Ort hinunter auf geheimnisvollen Wegen verbreitet, daß vor der landeseigenen Höhle ein deutscher Angeber die Honneurs machte. Das konnten die heimischen Hunde nicht dulden, sie nahten auf der Chaussee von Santillana her, um den Fremden zu vertreiben. Ehe die vierbeinigen stolzen Spanier heran waren, zog sich Marta mit Billy in den Wohnwagen zurück. Der Lord, überheblich wie immer, hätte sich dem Kampf gern gestellt, doch war die Frau müde und etwas verfroren, der Wind frischte stark auf. Sie beobachteten die andrängende Hundeschar durchs Autofenster, was Billy weniger als Marta gefiel. Er streckte sich auf dem Boden aus und ließ die Meute draußen Meute sein, seinen Teil vom Tag hatte er eingeheimst.

LORD BILLY VERGEHT SICH AN EINER KELTISCHEN MAUER

Der Spanienaufenthalt der Seyppels liegt inzwischen geraume Zeit zurück. Aber Reisen bildet, und auch in der nahen Umgebung gibt es viel zu erkunden, besonders für einen Chow, der den Duft historischer Gemäuer liebt.

Der Große Taunus-Feldberg ist genau 881 Meter hoch. Oben haben sie ein paar unmögliche Gebäude und Türme errichtet. Übersehen lassen sie sich nicht. Wenn man sich viel Mühe gibt, gelingt es, sie zu ertragen. Der Gipfel ist kein richtiger Gipfel, mehr eine flache Kuppe, ein rundes Plateau, eine Gegend von beeindruckender Häßlichkeit. Auch hat man nur an wenigen Stellen Aussicht nach unten, weil fast alles durch Bäume begrenzt wird. Am besten, man besteigt den Aussichtsturm. Höher hinauf geht's hier nirgendwo. Nebenan, auf dem Altkönig, dem dritthöchsten Berg, zieht sich ein Rondell um das Plateau, nur noch stückweise zu bemerken, es scheint sich um eine geschlossene Mauer oder irgendein Bauwerk gehandelt zu haben. Das Alter wird auf runde zweieinhalbtausend Jahre geschätzt. Das Bauwerk diente als Heiligtum oder Befestigung oder Ring einer Wohnsiedlung, niemand weiß Genaueres darüber.

Markart ist mit Billy die Spuren des Gemäuers entlanggegangen. Man kommt nie weit. Immer wieder verschwindet es im Buschwerk, in der Erde, und tritt erst ein ganzes Stück weiter wieder daraus hervor.

Als der Förster, ein schweigsamer, beinahe scheuer Mann, Markarts Interesse bemerkte, ließ er sich zu ein paar sparsamen Worten herbei. Die meisten Leute dächten, diese Steinreste gehörten zu der römischen Befestigung, die sich auf dem Gipfel und nördlich davon den Hang hinab erstreckt habe, das sei aber nicht richtig, die Steine seien vielmehr keltischen Ursprungs.

Markart wußte das schon, tat aber so, als sei es ihm neu, und bedankte sich höflich bei dem Mann. Da wurde der gesprächiger. Seyppel erfuhr: Er stammte aus dem Schlesischen und sei erst durch Vertreibung und Nachkriegswirren hierher verschlagen worden. Der Mann wohnte zweihundert Meter unterhalb des Plateaus. Markart hatte ihn für einen Einheimischen gehalten.

»Einheimisch ist hier keiner, der erst seit dreißig Jahren hier wohnt und auch noch evangelisch ist«, antwortete der Förster.

»Dreißig Jahre sind keine lange Zeit«, sagte Markart so dahin, um den Mann zu trösten.

»Hier sind auch fünfhundert Jahre keine Zeit!« gab dieser zurück.

Markart begriff nicht, was der Förster meinte. Wahrscheinlich nur eine der üblichen Übertreibungen. In der Zwischenzeit hatten sie alle Hände voll zu tun, um zu verhindern, daß Billy und des Försters Dalmatinerweibchen Hochzeit feierten; und dann trennten sie sich und gingen in verschiedene Richtungen.

Billy näßte noch einmal kurz die zweieinhalbtausend Jahre alte Mauer, was die nicht weiter störte, hatte sie doch schon viel Hundepisse und Menschenkacke überstanden.

Der Chow und Markart stapften bergab. Die niederen Kuschelkiefern wurden von höheren abgelöst, einzelne verkrüppelte Fichten standen da, endlich normalisierte sich der Bewuchs wieder zum richtigen Wald. Der Weg zog sich als angedeutete Schlucht schräg am Hang entlang, und hundert Meter tiefer wuchsen die Bäume über dem Pfad zusammen. Sie liefen durch eine Baumhöhle und sahen den blanken blauen Himmel nur noch durch einzelne Lücken im Blattwerk scheinen.

Der Hund steckte die Nase ins dichte hohe Gras und wurde fast verrückt von den vielen Spuren. Markart spielte eine Weile mit, dann drängte er zum Rückweg. »Komm, Billy, wir müssen nach Hause, das Auto für morgen vorbereiten.«

Was morgen bedeutet, wußte Billy nicht, das Wort Auto aber kannte er. »Morgen geht's in aller Frühe los zum großen Chow-Chow-Treffen!«

Nun verstand der Lord genug, um jede Spur Spur sein zu lassen. Ihm war klar: Ein Abenteuer steht bevor.

AUFMARSCH ZUR CHOWPARADE

»Jetzt halt mal die Klappe«, sagt Markart, »wir müßten hier irgendwo abbiegen – da, das ist die Ampel.«

Er bremst und geht scharf in die Kurve. Billy fällt von der hinteren Sitzbank, stützt sich mit den Vorderpfoten ab und blickt beleidigt auf den Fahrer. Markart sieht nicht, was hinter ihm geschieht. Doch er weiß es, denn er kennt seinen Hund. Ohne sich umzudrehen, sagt er: »Beschwer dich bei Marta, diese Frau hat immer dann viel zu erzählen, wenn ich mich auf die Strecke konzentrieren muß.«

Marta gestikuliert entschuldigend in Richtung Chauffeur und Chow und hält den Mund. Sie sind in eine ruhige Waldstraße eingebogen, die in einen großen Parkplatz mündet. Jetzt sehen sie das gesuchte Landgasthaus, einen langgestreckten Bau, wo der Club sich versammelt. An die hundert Autos stehen schon da, Menschen wimmeln herum, dazwischen die Hunde.

Der Besuch ist eine Premiere. Lord Billy zählt schon elf Jahre und hat noch nie einen Chow-Chow-Club besucht. Die Seyppels hielten sich von allen Vereinen fern. Billy mag zwar Gesellschaft, doch gegen Vereine hat er etwas, und sei es nur, daß er die Vorurteile seiner beiden Menschen teilt.

Es ist ein ungewöhnlich sonniger Dezembertag. Sie befinden sich nicht weit von Bonn und Köln im Rechtsrheinischen. Markart und Marta blicken prüfend und ein wenig ängstlich auf ihren Hund, den Einzelgänger, und der bestaunt die unzähligen Artgenossen. Donnerwetter, daheim in Oberreifenberg ist er der einzige Chow, sieht man von Sarah ab, die ihn aber immer anbellt, wenn er freundlich zu ihr sein will, also, von Sarah ist er sehr enttäuscht. Hier nun ist die Weibchen-Auswahl groß, wie er sofort erkennt, und er reckt sich, um seine Pracht und Stärke deutlich zu zeigen.

Marta sagt: »Schau mal, lauter chinesische Hunde.«

Markart sagt: »Unser Chow hat bisher angenommen, er sei der Kaiser von China, und jetzt versammeln sich hier mehr als hundert Kaiser und Kaiserinnen.«

Den beiden ist nicht ganz wohl. Sie wissen noch immer nicht, wie Billy die Gegenwart der vielen anderen aufnehmen wird. Normalerweise duldet er keinen Rüden in seiner Nähe. Marta malt sich in Gedanken ein Schlachtfeld aus, Billy im bissigen Kampf mit hundert Hundemännern.

Um den vielleicht notwendig werdenden Rückzug seelisch vorzubereiten, beginnt sie, während sie sich dem Treffpunkt nähern, von ihrer gemeinsamen Scheu vor dem allgemein Üblichen zu sprechen: »Uns dreien fehlen ein paar Übersetzungen. Noch nie haben wir im Lotto gespielt. Keinen Pfennig haben wir für Silvester-Feuerwerk ausgegeben, keiner von uns gehörte einem Verein an, nicht mal dem Gesangverein.«

»Hm«, wirft Markart ein, »unser Hund im Gesangverein, das wär ein Traum.«

Billy hört nicht auf das dumme Gerede. Er weiß: Wenn seine Menschen Angst haben, schwatzen sie einfach so dahin. Weshalb er nicht in einen Gesangverein passen soll, leuchtet ihm zum Beispiel gar nicht ein. Wenn das, was diese Leute manchmal aus offenem Maul herauslassen, schön klingen soll ... also er kann sich da nur die Ohren zuhalten.

Das nämlich kann er durchaus. Mit beiden Vorderpfoten übers Ohr fahren, die Schnauze auf den Boden gepreßt, das ist keine sehr bequeme Stellung, doch immer noch besser, als den sogenannten menschlichen Gesang anhören zu müssen. Was da manches Mal aus Radio oder Fernsehen quillt – nein, danke. Da hätte er ganz andere Töne drauf, wenn er nur wollte.

Die drei nähern sich dem Gebäude. Gleich ihnen streben Menschen und Tiere darauf zu. Jetzt muß es sich erweisen. Schon der erste Chow, dem sie näher kommen, ist ein Rüde, doch dreht Billy nicht durch, und genauso undramatisch verlaufen die weiteren Begegnungen mit Geschlechtsgenossen.

Vor lauter Erleichterung beginnt Marta viel und schnell zu reden: »Sieh mal, der dort, da drüben, der Schwarze, oder eigentlich ist der ja mehr grau; ob die Farbe auch wie bei Katzen Blau genannt wird?«

Menschen und Chow-Chows strömen herbei, doch treten sie einander weder auf die Füße noch auf die Seele, alles läuft ganz locker ab. Das liegt auch am klug ausgesuchten Veranstaltungsort, es gibt viel Freiheit ringsherum. Ein guter Griff, diese Idylle in der Nähe von Rösrath zu wählen, unweit von Köln. Wald ist reichlich vorhanden und ein Teich. Drinnen im großen Saal wird es den Chows mit ihren üppigen Pelzen nach einiger Zeit zu warm, dann dürfen sie eine Runde ums Wasser drehen, um sich abzukühlen.

Aus vielen Städten ist man angereist, kundig geleitet und herbeigelockt vom Vorstand. Nach kurzer Zeit können Seyppels die vielen Namen nicht mehr aufnehmen, weder die menschlichen noch die tierischen, denn da wachsen Stammbäume in den Himmel, daß einem Hören und Sehen vergehen. Eine berühmte Zucht nach der anderen, es schwirrt nur so von Wettbewerbssiegern, prämierten Hündinnen und Champions.

Das rauscht an den drei Hochtaunusbürgern vorbei. Billy ist im strengen Sinn nicht *comme il faut* mit seiner unklaren Abkunft mütterlicherseits. Was den Vater Leo betrifft, hat alles seine genealogische Ordnung, eine holländische Linie, nachweisbar mit Papier und Stempel. Ein Gymnasiast erkundigt sich bei Martha: »Stimmt das, Billy stammt vom Dorf?« – »Die Mutter«, gibt Marta Bescheid, »sein Vater ist gelernter Frankfurter.«

Marta begleitet den Jungen zu seinem Chow, der malerisch unter dem Tisch lagert und sich vom Betrieb im Saal nicht beirren läßt. Die Eltern des Jungen bestätigen die Seyppelschen Reiseerfahrungen. Weder im Hotel noch im Restaurant stört ein Chow, nach kurzem Stutzen vornehmer Rezeptionsherren oder Oberkellner sind die Tiere gerngesehene Gäste, auch in fremden Ländern.

Jetzt wird das Mittagsmahl serviert, die Bedienung, Kaninchen- oder Gänsekeulen auf den Tellern, steigt behutsam über Chow-Chow-Vorder- und -Hinterteile, alle Gänge zwischen den Tischen sind ausgefüllt von roten und schwarzen chinesischen Hunden. Das ist hier eine ausgewählte Ansammlung von gutartigen Tieren und Menschen, keine Spur von Aggression, kein lautes Wort, alles verläuft harmonisch und moderat, im Kontrast zur gegenwärtigen Außenwelt. In Armenien bebt die Erde, Zehntausende von Menschen sterben, in Remscheid stürzt ein Flugzeug vom Himmel, die Toten und Verletzten sind noch unbekannt.

Markart steht vorn bei der Bühne, an der Leine Billy, um den sich ältere und jüngere Hündinnen scharen. Billy weiß vor Begeisterung nicht, wo er zuerst hinschnüffeln soll, bleibt aber ruhig und zeigt sich nicht als Sittenstrolch, wie er es auf Spaziergängen bei Hundeweibchen sofort versucht.

Die versammelten Hundekenner schätzen Billy als »Riesenkerl« ein, nur sei, gemessen an den Regeln, seine Schnauze zu schmal. Das berichtet Markart seiner Frau erst hinterher, sie wäre sonst zur Verteidigung ihres Hundes gewiß in die Offensive gegangen. Sagt sie doch immer: »Die Chows mit den ganz runden, stumpfen Gesichtern sehen ja leicht ein bißchen bekloppt aus. Wenn das der Standard sein soll: nein, danke.«

Einen stupiden Eindruck machte allerdings keins der anwesenden Tiere, deren Profile genau dem Reglement entsprachen, das mußte die Frau einräumen.

Billy steht ohnehin über allen Urteilen, was macht das schon, wenn er den anderen eine zu schmale Nasenlänge voraushaben soll, da kann er besser erriechen, was alles so los ist.

BILLY VERSUCHT SICH ALS SCHRIFTSTELLER

Marta unterhält sich mit den Züchtern und Kennern: Wie hoch ist die durchschnittliche Lebenserwartung des Chow? Im Saal kursiert das Gerücht, Lord Billy sei der Senior unter den anwesenden Vierbeinern.

Das trifft nicht zu. Auf dem Parkplatz haben sie eine dunkelhaarige freundliche Dame mit einem gut vierzehnjährigen Chow getroffen, der noch glänzend in Form ist. Billy zählt elf, sein Vater Leo inzwischen schon dreizehn Jahre. Die Auskunft der Experten lautet leider anders. Zehn, zwölf für Rüden geben sie als Durchschnitt an, die Weibchen können es auf zwei oder drei Jahre mehr bringen. Markart beobachtet Marta mißtrauisch von der Seite, sie wird bei diesen Erfahrungswerten hoffentlich nicht in Tränen ausbrechen!

Vor einigen Monaten hatten die Seyppels aus Kummer um Billy tagelang Trauer getragen. Mann und Hund wollten zum Spaziergang aufbrechen, Marta lief hinter ihnen die Treppe hinauf. Von einer Stufe zur anderen begann Billy den rechten Hinterlauf nachzuziehen, war das schon einmal operierte Kreuzband wieder gerissen? Von Freitag bis Montag mied der Chow jede Bewegung, humpelte nur mühsam zum Austreten in den Garten – wenn ihr Superläufer sich so ruhig hielt, mußte er schon halb tot sein.

Am Montag dann, beim Tierarzt, erfuhren Seyppels, Billy habe im rechten Knie eine schwere Arthrose. »Wäre er jünger, würde ich einen Eingriff empfehlen, da kann man chirurgisch einiges ausrichten. Doch bei einem über zehnjährigen Rüden …«

Statt des Messers empfiehlt der Arzt eine Injektion, entwickelt von der Uni-Klinik Gießen gegen Arthrosen bei Pferden. Das Mittel heißt Hylartil, kostet dreihundert Mark und wird je zur Hälfte im Abstand von zwei Wochen gespritzt.

Es dauert einige Zeit, bis das Medikament geliefert werden kann, die Wartezeit verbringt der Himalaja-Hund wieder als *Dalai Lahmer*. Mit der Aussicht auf Besserung atmen die Seyppels leichter. Nach der Injektion saust der Chow durch die Gegend, als wüßte er gar nicht, was Gelenkschmerzen bedeuten.

Marta sagt: »Wäre Billy ein Auto, müßten Motor und Karosserie als tipptopp gelten, bloß mit der Radaufhängung hapert es …«

Beim Club-Treffen werden Erfahrungen über gesunde und kranke Tiere ausgetauscht. Eine auffallend schöne junge Chow-Hündin wurde schon zweimal in Düsseldorf wegen des Entropiums operiert, aber die Augen sind immer noch nicht in Ordnung. Neben Seyppels sitzt ein Ehepaar, dem die Chow-Hündin während des Urlaubs im Bayerischen Wald abhanden kam. Das Tier war nie zuvor ausgerissen. Eine große Suchaktion hatte begonnen, die Eheleute hatten unbezahlte Ferien genommen. Fahrten in umliegende Ortschaften wurden notwendig, Vermißtenanzeigen in Lokalblättern und angekündigte Belohnungen für die Wiederbeschaffung des Tieres – am Ende beliefen sich die Kosten auf reichlich dreitausend Mark. Doch zählte für das Ehepaar nur der Erfolg, die drei konnten Wiedersehen feiern.

Eine zierliche Frau nähert sich dem Tisch. Billy läuft ihr schweifwedelnd entgegen. Eine Blitzzuneigung? In der Hand hält sie das Hundebuch, Freunde haben es ihr zum Trost geschenkt, weil ihre junge Chow-Hündin im vorigen Monat ganz plötzlich gestorben ist. Die Frau krault Billy die Stirn und sagt: »Es half mir, was ich da von dir gelesen habe, und so komme ich über die Zeit hinweg, bis ich meinen neuen chinesischen Hund abholen kann.«

Der Lord ist sehr stolz. Keiner soll noch mal behaupten, gedruckte Geschichten wären nichts Besonderes, hier sieht man doch, wie nützlich sie sein können, vor allem natürlich, wenn es seine Geschichten sind...

»Seine Geschichten« sind es nämlich, die Markart vor Jahren in die Schreibmaschine zu tippen angefangen hatte. Gleich hieß es: »Benimm dich anständig, Billy, Markart schreibt alles auf!« Als seine erste Story in der Zeitung stand, las ihm Markart die Sache vor. Billy fand es mäßig interessant. Dann brachte der Postbote Briefe, einer davon war direkt an »Lord Billy« gerichtet. Billy hatte noch nie von einem Hund gehört, der Post erhielt. Offenbar war er der erste. Jedenfalls behauptete Markart das, der nun immer neue Billy-Geschichten schrieb, bis ein kleines Taschenbuch daraus wurde. Als das erste gedruckte Exemplar im Hause ankam, durfte Billy daran schnuppern. Es stank entsetzlich nach Druckerschwärze. An diesem Tag aber gab's die besten Rinderbratenbrocken für den Chow. Nun begann auch Marta über Billy zu schreiben, die beiden vereinigten ihre Abenteuer zu einem gemeinsamen Billy-Buch, das hatte einen größeren Umfang, einen kräftigen Einband, Hardcover nannten sie das. Ihm war's egal. Als es aber an diesem Abend wieder Rinderbraten für Billy gab, wünschte er sich, daß seine beiden menschlichen Hausgenossen noch viele dicke Bücher über ihn schrieben, an Stoff sollte es nicht fehlen, den lieferte er jederzeit. Er hatte ja bisher gar nicht gewußt, daß er ein so interessanter Kerl sei mit einem derart phantastischen Leben.

Indem Lord Billys Horizont sich erweiterte, entschloß er sich, noch viele aufregende Abenteuer zu unternehmen; die Seyppels würden gar nicht nachkommen mit dem Schreiben. Er sah sie schon atemlos vor ihren glühenden Schreibmaschinen sitzen und von »ihrem« Lord Billy berichten. Denn so war es doch, Marta und Markart nahmen in ihrer menschlichen Einfalt an, Billy sei »ihr« Hund; in Wahrheit war es umgekehrt. Und nicht nur das, denn, und jetzt lächelte Lord Chow ein wenig, jedenfalls innerlich, in Wirklichkeit waren seine Menschen gar keine Menschen, das bildeten sie sich nur ein. Sie waren, davon hatte Billy sich längst überzeugt, eine Art nicht ganz gelungener Chow-Chows, aus einem verunglückten Wurf stammend. Verunglückt, ja. Aber zu seinem und ihrem Glück nicht ganz und gar. Manchmal merkte man den beiden noch an, daß sie im Kern ihrer Natur richtige Chows waren. Freilich nur im Kern, was immerhin ausreichte, die wahre Natur des richtigen, echten Chow zu erfassen, weshalb Markart und Marta ihn, Lord Billy, in ihren Geschichten und Büchern auch recht treffend beschreiben konnten.

Er, Billy, hatte einfach Glück gehabt, unverschämtes Glück, wie es auf die Dauer nur der Tüchtige besitzt, daß er als Lebensgefährten die Seyppels erhalten hatte, die wenigstens entfernt zur Rasse der Chows gehörten. Was wäre denn gewesen, hätten sie mehr zu den Schäferhunden oder gar den Dackeln gezählt? Schäferhunde und Dackel waren zwar Hunde, aber doch eben keine Chows ...

Viele zweibeinige Mitglieder des Chow-Clubs kommen zu Markart und Marta an den Tisch und wollen ihre Bücher signiert haben. Markart läßt den üblichen Witz ab, daß der Lord auch selber signiere, wobei das Buch allerdings ein wenig zerknittert werde. Billy kennt das Gerede und wendet sich leicht gelangweilt ab.

Eine Vorstandsfrau erklärt per Mikrofon, es gebe jetzt Mittagessen, und danach sei ein allgemeiner Spaziergang um den kleinen See geplant. Billy springt sofort auf, denn das Wort Spaziergang geht ihm durch Mark und Bein. Da will er sofort los. Es ist aber noch nicht soweit. Billy wirft sich enttäuscht unter den Tisch und legt eine Schlafpause ein. Ein Leser, der sein Buch zum Signieren ausbreitet, sagt zu Marta: »Das ist schön für Ihren Mann, daß er mal so was Freundliches wie das Billy-Buch schreiben kann und sich nicht immer über die Politik ärgern muß!«

Politik, denkt Billy, ist etwas höchst Überflüssiges. Er weiß da Bescheid. Im Haus der Seyppels wird oft über Politik und eine ganz besonders komische Menschenrasse geredet, die »Politiker«. Billy mag diese Rasse nicht. Mit einem leicht unangenehmen Gefühl sinkt der Lord in seine tiefsten Schlafregionen hinab, wo ihn noch nicht einmal die Träume einholen. Er befindet sich im glücklichsten Urzustand aller Lebewesen auf dieser abschüssig runden Erde. Der Lord geruht zu ruhen, während seine beiden Menschen das Buch mit seinen Geschichten verkaufen und signieren. Für Billys alltäglich volle Fleischschüssel ist gesorgt bis ans Ende aller Hundetage.

BILLY, BEWORFEN UND BELEIDIGT

Als Chow, über den die Leute sich in Büchern informieren können, hat man's nicht leicht. Billy hegt den Verdacht, vor allem Markart sei es, der ihn anfänglich als zu wild geschildert habe.

Zugegeben, als junger Chow war der Lord hin und wieder kaum zu bändigen gewesen. Jetzt, da Billy über zwei Drittel eines Hundelebens hinausgelangt ist, kommen ihm seine früheren Jugendstreiche selbst etwas übertrieben vor. Trotzdem, ist das ein Grund, ihn, den erwachsenen Lord Billy, immer noch als ungebärdigen Wilden zu verdächtigen? Das ist doch Rufmord!

Gestern trafen sie im Ort eine fremde Frau mit Hund. Die Dame erblickte Billy und rief erschrocken aus: »Ach du lieber Himmel, das ist doch der gefährliche Chow, ich hab's im Buch gelesen, der ist so bissig!«

Gleich wechselte sie mit ihrem Plüschhündchen auf die andere Straßenseite. Als ob Billy einfach wild draufzubeißen würde.

Billy wird manches Unrecht zugefügt. Vor wenigen Tagen verschnaufte der Chow, der Wärme wegen, unter einer Eiche, als ihm was auf den Kopf fiel.

Er fuhr hoch und bellte ins Gezweig. Marta lachte. »Da sitzt ein Eichhörnchen!«

Na wenn schon. Muß ihn das Eichhörnchen gleich mit Eicheln bombardieren? Noch nie hat er einem Eichhörnchen etwas angetan. Das wird sich nun ändern. Jeden Tag, an dem er den Baum passiert, äugt er mißtrauisch hinauf ins Geäst und erwartet den Augenblick der Rache. Es kommt vor, daß eins dieser langgeschwänzten Hörnchen vor ihm frech über den Weg hüpft. Billy zieht dann urplötzlich stark an, und wenn Marta nicht aufpaßt, reißt er die Frau zu Boden. Leider springen diese Hörnchen so hurtig ins Gezweig, daß der Lord nur wütend hinterherbellen kann.

Billy beschließt, die Eichhörnchen den Katzen zuzurechnen, in Bayern werden sie ja auch Eichkatzerl genannt, gemeinsam ist beiden jedenfalls, daß sie blitzschnell die Stämme hinauflaufen und in den Ästen verschwinden. Wenn Billy einen Wunsch aussprechen dürfte, der in Erfüllung gehen wird, wünschte er sich nichts sehnlicher, als auch so rasch auf die Bäume klettern zu können.

Da räumte er dort oben tüchtig auf und bliebe dann in der Höhe sitzen. Und unten stünden Marta und Markart oder beide zusammen und bäten den Lord höflich, wieder auf die Erde zurückzukehren, Er, der Lord Chow, würde ruhig oben sitzen bleiben und in die Gegend starren. Nach einer Weile würde er dann so tun, als höre er die beiden dort unten zum erstenmal. Dann würde er, von seiner luftigen Höhe herunter, sagen: »Na, wenn ihr gar so lieb und nett darum bittet, dann komme ich vielleicht hinunter!« Und er würde hinzufügen: »In einer halben Stunde!«

Da müßten die zwei solange auf ihn warten, und das

täte ihm in tiefster Seele gut. Schließlich muß er auch oft genug auf diese Menschen warten. Wie oft erinnert er sie an die Zeit, wenn es soweit ist, das Haus zu verlassen und spazierenzugehen. Wie oft hört er sie dann antworten: Noch eine halbe Stunde – Billy! Dabei zeigen sie gern auf die Uhr an der Wand oder ihre Armbanduhr. Sind eben Menschen mit wenig Sinn für Freiheit und das ungebundene fröhliche Leben. Unterwerfen sich dem Dikat des Uhrzeigers.

BILLY REIST IN DEN NORDEN

Aus dem Hochtaunus sind Billy und Seyppels in den ziemlich hohen Norden nach Oldenburg gereist. Am Vorabend der Carl-von-Ossietzky-Preis-Verleihung lesen dort im Museum Lew Kopelew, Walter Kempowski, Ingeborg Drewitz und Markart – der Saal im oberen Stockwerk ist überfüllt, die Veranstaltung wird durch Lautsprecher nach unten in eine große geflieste Halle übertragen. Der kühle Fußboden ist Billy sehr angenehm, ihm ist es überall zu warm. Sein Markart arbeitet, und der Hund schwitzt – Arbeitsteilung. Jetzt liegt der dickbepelzte Lord zufrieden neben Martas Stuhl, bis in der Reihe hinter ihnen eine Dame Platz nimmt, für die Billy eine unerwartete, tiefe Zuneigung faßt: Er kann sich mit Schnüffeln und Schweifwedeln gar nicht genug tun . . .

Schließlich bringt Marta den Hund nach draußen in den kunstwerk- und baumbestückten Museumspark, der ringsum solide eingefriedet ist, die Besucherin darf endlich unbelästigt den Autoren lauschen.

Eben hat eine Zuhörerin Walter Kempowski mitten in seine Lesung hinein den Mund verboten. Im Lauf der Jahrzehnte hat Marta viele Veranstaltungen von Schriftstellern fürs Publikum erlebt – so etwas ist noch nie passiert.

Kempowski liest aus der Niederschrift von Gesprächen vor, die er mit verschiedenen Zeit-Zeugen über ihr Verhalten im Dritten Reich geführt hat. Was taten sie, als rings um sie her jüdische Familien verhaftet und abtransportiert wurden? Die meisten hielten Augen und Ohren verschlossen – plötzlich ruft eine weibliche Stimme: »Aber das alles will ich überhaupt nicht mehr hören ...«

Kempowski bricht verblüfft mitten im Satz ab. Die Lautsprecher-Übertragung nach unten verrät nicht, ob es Reaktionen und Einwände aus dem übrigen Publikum gibt. Nach einer Pause hört man die anderen Autoren aus ihren Büchern vortragen.

In der anschließenden Diskussion zwischen Besuchern und Schriftstellern, die unten im Museumsgarten stattfindet, kommt der merkwürdige Zwischenfall zur Sprache, richtig geklärt wird die Sache nicht.

Dafür klärt sich der unerwartete Sympathie-Anfall Billys am Mittag des nächsten Tages. Der Chow wird vollständig rehabilitiert. Die Tischordnung an der Festtafel in der Weser-Ems-Halle gibt Marta den Platz neben der Dame vom Abend zuvor. Es ist die Tochter des durch die Preisvergabe in seinem Namen Geehrten: Rosalinde von Ossietzky-Palm.

Zwar hatte Marta einiges über sie gewußt, aber eine Vorstellung von der erwachsenen Rosalinde hatte sie nicht. Fotos aus deren Kindheit waren ihr in Erinnerung.

Das Bild komplettiert sich jetzt, zugleich werden die Gründe für Billys intensives Interesse deutlich. In Schweden, von wo sie zur Feier angereist ist, hat Ossietzkys Tochter eine Hündin, und die ist heiß. Was scheren einen Chow geographische Entfernungen, seine Nase ist untrüglich. Während des Festmahls sitzt Billy draußen im Wagen, seine Anbetungsarie ist unterbrochen.

Der Oberbürgermeister muß in seiner Zunft ein weißer Rabe sein, er redet kein bißchen Papier, eine so konsequente Abwesenheit von Phrasen bei einem Stadtoberhaupt ist selten.

Markart, am Morgen bei seiner Dankesrede für den halben Ossietzky-Preis prägnant und polemisch, ist jetzt, bei seinem kleinem Toast bei Tisch, ein bißchen angeheitert. Die Sache geht ihm tiefer unter die Haut, als er sich selbst eingestehen will. Seine erste gedruckte Arbeit ist 1953 in der »Weltbühne« (Ost-Berlin) erschienen. In den vielen Jahren seither haben sich Seyppels immer wieder mit dem »kleinen roten Heft« beschäftigt, jeder Band ist ein Sternstundenbuch der Publizistik, dank Tucholsky, Ossietzky und anderer Autoren der Weimarer Republik.

Der Carl-von-Ossietzky-Preis wird nicht nach Gusto eines Gremiums verteilt, man muß ihn sich erschreiben. 1986 gibt es zwei Preisträger; die andere Hälfte erhält Bernhard vom Brocke für seine Arbeit: »Wissenschaft versus Militarismus: Nicolai, Einstein und die ›Biologie des Krieges‹«. Der Geschichtswissenschaftler Bernhard vom Brocke ist ein herzhaft heutiger Historiker. Das ist seiner Arbeit und der Dankesrede am Vormittag bei der Verleihung anzumerken.

Zum Festmahl gibt es Gemüsebeilagen, Prinzeßbohnen und junge Karotten. Rosalinde von Ossietzky-Palm erzählt, wie gern ihre Rottweiler-Hündin daheim in Järfalla rohe Mohrrüben ißt. Marta fällt die Warnung aus einem ihrer Chow-Lehrbücher ein: Rohe Möhren, an ganz junge Hunde verfüttert, können für Welpen tödlich sein. Die Hündin ist zwar schon erwachsen, doch ob das Gemüse in größeren Mengen für ein Tier gesund sein mag, bezweifelt Marta.

Überdies wurde Schweden im Frühjahr 1986 mehrfach schwer heimgesucht – erst von dem Attentat auf den Ministerpräsidenten Olof Palme, dann von der starken Ladung Strahlen aus Tschernobyl. Frau von Ossietzky-Palm und ihr Mann besitzen ein Haus mit Garten und vielen Gemüsebeeten; die Ernte dieses Sommers erscheint Marta sehr bedenklich. Die Tochter des Friedensnobelpreisträgers, aufgewachsen unter der Obhut eines kämpferisch-pazifistischen Vaters, ist von Kindheit an Widrigkeiten gewöhnt; die unsichtbaren Gefahren nach dem sowjetischen Reaktor-Unfall kommen ihr nicht so bedrohlich vor.

Um Marta zu beweisen, wie gesund ihre Hündin anzusehen ist, zieht Rosalinde Bilder aus der Brieftasche, die eine schön gezeichnete Rottweilerin zeigen. Danach geraten Martas Tischnachbarin einige kleine Schwarzweißfotos in die Hände, das chrakteristische Format der dreißiger Jahre mit dem unregelmäßig gezackten Rand. »Die letzten Aufnahmen von meinem Vater«, sagt Ossietzkys Tochter.

Marta erkennt die von verschiedenen Reproduktionen her vertrauten Züge, sehr schmal und abgezehrt ist das durch Lager-Torturen und Tuberkulose gezeichnete Gesicht, die Mundpartie stark eingefallen. »Er hatte fast alle Zähne verloren«, erklärt Rosalinde.

Ein Mann, gerade Ende Vierzig, denkt Marta, während sie die Aufnahmen betrachtet. Eine Weile bringt sie kein Wort heraus. Es müßte ja einer kein Mensch sein, schnürte ihm dieser Anblick nicht die Kehle zu. Dann reicht Marta die Fotos weiter an Markart und den neben ihm sitzenden Erich Loest, den Margarita aus Osnabrück mit dem Wagen zur Feier nach Oldenburg gefahren hat.

Vor dem Festessen hatte Billy die beiden erfreut begrüßt, er erinnert sich gut an sie, weil der Lord im Februar 1986 zu Erich Loests 60. Geburtstag eingeladen gewesen war und sich hervorragend benommen hatte. Um so weniger versteht der Chow, daß er zur Feier in der Weser-Ems-Halle nicht mitgenommen, sondern draußen in Seyppels Wagen zurückgelassen wird. Zurückgelassen – zurückgesetzt! Billy ist sehr gekränkt. Na ja, er kann nicht leugnen, daß er am Abend im Museum dieser sympathischen Dame aus Schweden gar nicht mehr von der Seite gehen wollte. Er fand sie sehr angenehm, und vor allem vermittelte sie seiner Nase unüberriechbare Signale einer schönen, großen Hündin aus Schweden. Nie würde er Markart und Marta verzeihen, daß sie seiner Nase dieses Fest nicht gönnten. Billy saß im Wagen und grollte, und drinnen in der Halle sprach Ossietzkys Tochter freundlich über den Chow. Sie mag Tiere und ist froh darüber, daß sie ihre eigene Hündin bald wiedersehen wird.

»Bis vor ein paar Wochen habe ich Sozialarbeit gemacht, dreißig Jahre hindurch, der Beruf war mir sehr wichtig«, sagt Frau von Ossietzky-Palm zu Marta. »Jetzt kann ich mir ein wenig mehr Zeit nehmen für Mann und Sohn und Hund und Haus ...«

Außerdem bleiben Rosalinde die vielfältigen Aufgaben als Tochter ihres Vaters – das Interesse an seinem Leben und Werk steigt, Bücher werden über ihn geschrieben, Fernsehfilme gedreht, und dazu wird sie von den Autoren immer wieder befragt.

Marta lobt die Faksimile-Ausgabe der »Weltbühne«, die der Athenäum-Verlag vor einigen Jahren herausbrachte. Für Frau von Ossietzky-Palm ist das eine geteilte Freude. Als die Sendung bei ihr in Järfalla eintraf, fehlte der Band von 1925.

»Der schwedische Zoll!« seufzt Martas Tischnachbarin.

Ossietzkys Tochter hat sonst kaum etwas einzuwenden gegen das Land, in dem sie heimisch geworden ist und das sie aufgenommen hat, doch die Sinnlosigkeit dieses behördlichen Zugriffs findet sie verblüffend. Die Gesamtausgabe ist jetzt keine mehr, und was will der Zoll mit diesem einzelnen, willkürlich entnommenen »Weltbühne«-Band anfangen?

Die Frage bleibt offen. Erich Loest, der sich draußen nach der Mahlzeit ein wenig die Füße vertreten hat, kommt zu Seyppels und sagt: »He, ihr beiden, ihr solltet euch mal um euren Hund kümmern, Lord Billy sitzt im Wagen und bellt. Er hat ein Gesicht gezogen, als wolle er sofort den Tierschutzverein alarmieren!«

EIN GLÜCKSFALL

Zwischen seinen vielen Reisen muß Billy sich unbedingt um seine verschiedenen Freundinnen kümmern, er verliert sonst daheim den Überblick. Zwar ist er zu eitel, um ernsthaft zu fürchten, seine liebsten Hündinnen könnten ihn vergessen, wenn sie ihn längere Zeit nicht vor die Nase bekommen, doch besser, man läßt sich zwischendurch mal sehen.

In der Meißnerstraße, zwischen den Himbeerbüschen auf dem kleinen Trampelpfad, treffen sie auch gleich den Kaufmann Schön mit der Rottweilerin Tappsi. Sie freut sich so, daß sie Billy mit allen vier Pfoten gleichzeitig auf den Kopf springt. Der Lord freut sich zurück, mag es im allgemeinen aber ein wenig ruhiger. Doch wo man sich so lange nicht begegnet ist, läßt er den Temperamentsausbruch über sich ergehen.

Tappsi ist in den letzten Wochen dem für seine Rasse sehr großen chinesischen Hund über den Kopf gewachsen, ein stattliches Tier, das sich in die Familie des Lebensmittelhändlers eingefügt hat, als wäre es dort hineingeboren. Dabei hatte das Welpenweibchen zu Anfang die denkbar schlechtesten Chancen. Marta denkt oft an die Geschichte, wenn sie mit Billy am Sportplatz entlanggeht.

Dort sahen die Kinder vom Bäcker, wie aus einem vorbeirasenden Mercedes ein schwarzes Bündel geworfen wurde. Die beiden Jungen dachten erst, jemand entledige sich einer alten Pelzjacke. Im Näherkommen erkannten sie: Das Fellpäckchen bewegte sich und wimmerte laut.

Verletzt schien das kleine Tier trotz der brutalen Behandlung nicht zu sein – ein Glücks*fall*. Zweiter glücklicher Umstand: Familie Schön nahm die junge Rottweilerin in ihre Obhut, bot ihr die nötige Liebe und Fürsorge. Billy in seinem Egoismus ist besonders entzückt, daß Tappsi eine Hündin ist, für einen geretteten Rüden brächte er weniger Begeisterung auf. Die Rottweilerin läßt er sogar an seiner Mahlzeit teilnehmen, wenn ihr Spaziergang sie bei ihm vorbeiführt.

Ähnlich großzügig verhält er sich gegenüber einer anderen gerade noch mit dem Leben davongekommenen Hündin. Die Familie, der sie ihre Rettung verdankt, hat sie Daisy genannt – der Name paßt gut zu der mittelgroßen Schnauzerhündin. Das junge, noch nicht ganz ausgewachsene Tier war im eisigen Winter in einem Waldstück zwischen Niederreifenberg und Schmitten festgebunden gewesen, an einen Baum, den man von der Straße her nicht sehen konnte. Zufällig wurde die Hündin entdeckt, von einer Mutter mit vier Töchtern, die sich durch die Kälte nicht vom Spaziergang hatten abhalten lassen. Sie wohnen in Seyppels Nähe, und Billy versäumt keine Gelegenheit, den jetzt insgesamt sechs weiblichen Wesen seine Aufwartung zu machen. Die Frau und ihre Mädchen waren ihm schon ohne Hündin sympathisch gewesen, daß jetzt noch Daisy zur Familie zählt, krönt den Besuch. Marta sagt von den beiden ausgesetzten Hündinnen: Das sind Tiere, die können zweimal im Jahr Geburtstag feiern; an dem Tag, da sie geboren, und an dem Tag, da sie gerettet wurden. Wenn sie und Markart an die Leute denken, denen die beiden Hündinnen zuerst ausgeliefert waren, packt sie eine fürchterliche Wut, und Markart sagt: »Wenigstens die Nummer des schwarzen Mercedes müßte man wissen, diesen Lumpen würde ich was erzählen ...«

Oberreifenberg wird gekrönt durch eine ausdrucksstarke Burgruine, die auf Fotos und im Fernsehen immer ganz groß herauskommt; doch Seyppels zieht es dieses Jahr zu einem anderen Rittersitz. Burg Weißenstein heißt das Ziel, Billy hat in den letzten Jahren mehr und mehr Geschmack am Reisen gefunden.

Der Chow registriert freudig, daß seine Eß- und Trinkschüsseln eingepackt werden, das deutet auf eine längere Tour hin, soviel lehrt die Erfahrung.

Ob Nordspanien oder Niederbayern, der Reiselord fühlt sich gut bedient; verantwortungsbewußt nimmt er seine Position des Beifahrers auf dem Rücksitz ein, gesammelt blicken die braunen Augen auf Markarts Hände, wenn er schaltet. Billy ist ein konzentrierter Co-Pilot, zumindest in der ersten halben Stunde, danach schlafft er etwas ab. Start und Ankunft sind ihm das Wichtigste, die Strecken dazwischen lullen ihn in sanften Halbschlaf. Die Autobahn ist für Hunde wenig anziehend, solange nicht bei einem Rastplatz angehalten und die Möglichkeit der Schnüffelkontrolle geboten wird. Visitenkarten, von Artgenossen auf vielbesuchten Rasenflächen hinterlassen, wollen zünftig berochen sein, leider läßt Markart dem Chow nie genug Zeit dafür.

Längst hat Billy neben tierischen Mitteilungen auf dem Boden der Raststätte auch eine Information über Menschen empfangen, die Seyppels interessieren müßte. Der Chow wittert zu einem PKW hin, dem eben ein Herr und eine Dame entsteigen. Sie erkennen Billy sofort und werden von ihm ebenfalls identifiziert – bloß Markart und Marta kriegen nichts mit und wollen ihren

Hund zum Einsteigen in den Saab nötigen. Dabei winkt und ruft das Paar aus dem anderen Wagen. Daß die Nasen der Menschen fast nutzlos sind, hat Billy schon oft bestätigt gefunden, sind seine zwei Leute nun aber auch noch ertaubt?

Endlich wendet Marta sich in die richtige Richtung. Erstaunt sagt sie zu Markart: »Sieh mal, dort – der Geigenvirtuose und Coiffeur aus Osnabrück mit seiner Frau – du weißt doch, von Erich Loests Geburtstag ...«

Jetzt wundert sich auch Markart.

Die vier Menschen schwatzen groß daher von Zufall, Billy findet seine Seyppels mal wieder schwer von Begriff. Er hatte den Geburtstagsgast von Erichs Sechzigstem gleich erkannt, besaß der doch daheim in Osnabrück selbst einen Chow. Zur Feier hatte er ihn zwar zum Glück nicht mitgebracht, da war der Lord das einzige Tier, doch trug der Mann damals wie heute den Geruch seines Hundes an sich, da war ein Irrtum ausgeschlossen. Billy kontrolliert zum anderen Wagen hin, nein, das Ehepaar hat seinen Chow nicht dabei; und weil Billy schon beim Überprüfen ist, vergewissert er sich, ob der Hobby-Geiger sein Instrument im Arm hält, wie zur Feier im Februar, und etwa gleich wieder loslegt mit Vivaldi. Das Konzert klingt dem Lord noch heute in seinen sensiblen Ohren, aber es besteht keine akute Gefahr, weit und breit ist von einer Geige nichts zu sehen. So beschränkt sich das Programm auf ein paar freundliche Worte hin und her, die musikalische Klassik bleibt ungespielt.

Im Wagen bequemen sich die Seyppels dann endlich zu dem überfälligen Lob für die gute Nase ihres Hundes, lange genug hat das ja wieder mal gedauert. Marta betont, natürlich hätte sie die beiden Osnabrücker erblickt, doch hinterher kann einer viel erzählen, klar muß sein: Billy ist der Größte.

BILLY KNEIPPT IM REGENWASSER

Innerlich rüstete Billy sich für neue Identifikationen, wer weiß, wen alles er in Weißenstein als längst bekannt ausmachen würde, wenn Seyppels sich einbildeten, sie wären dort fremd. Bevor sie auf die berühmte Burg fuhren, hielten sie in Cham an, weil Markart dort die erste Lesung dieser Tour hatte.

Das Hotel gefällt Billy schon beim Eintreten, verläßlich fester Teppichbelag auf den Marmorstufen verbürgt ihm einen eleganten Einmarsch ins Vestibül. In anderen Gästeherbergen mit blanken Holz- oder Travertinstufen ist er schon der Länge lang auf die Schnauze gefallen, was den ganzen Auftritt verpatzte. Vor allem, wenn die Leute dann auch noch lachten – zu dämlich, sie konnten sich doch an zehn Zehen ausrechnen, daß er für seinen stolz-stelzenden Gang eine solide Basis brauchte und nicht Eisbahnglätte unter den Pfoten.

Markart meinte, er werde sich bei der Hotel-Bestellung erkundigen müssen: Haben Sie Teppiche auf den Stufen, sonst rutscht mein Chow aus, und Ihr Haus kommt leider für uns nicht in Betracht... Der Lord fand, diesen kleinen Liebesdienst könnte er durchaus verlangen. Schließlich würde er sich für seinen liebsten Markart jederzeit alle vier Beine ausreißen, wenn Not am Hund wäre.

Das Hotel in Cham war in Ordnung, auch das Zimmer fand Billys Billigung. Es war ausreichend groß und bequem für drei, das Fenster ließ sich leicht öffnen, was dem Lord die erwünschte Kühle verschaffte. Sie verschnauften alle drei ein Viertelstündchen, dann erbot sich Marta, mit dem Chow eine Stadtrunde zu machen. Markart, der die ganze Strecke gefahren war, sollte sich vor der Lesung noch ausruhen. Draußen vorm Hotel schlug Billy instinktiv eine Richtung ein, die mehr in die Natur als in die City führte. Die Frau ließ dem Lord die Wahl, Pläne oder Aufgaben hatte sie nicht, also blieb Billy freie Hand oder, besser, freie Pfote.

In dem frommen Viertel, das sie durchquerten, gerieten sie als erstes in eine Nonnengruppe, was bei Billy einen Wiedererkennungsimpuls auslöste. Diese jüngeren und älteren Frauen in ihrer besonderen Kleidung waren ihm vertraut; daheim in Oberreifenberg gab es in der Nähe ein Erholungsheim für Ordensschwestern, und er stand auf gutem Fuße mit ihnen. Sie pflegten »Grüß Gott« zu sagen und nicht »Guten Tag« wie die meisten anderen Leute, denen man begegnete. Das machte aber gar nichts, der Hund kannte viele Grußformeln. »Hallo!« zählte dazu oder »Wie geht es?«. Am liebsten hörte er: »Na, Billy?«, doch das stand hier nicht zu erwarten, weil er sich ja zum erstenmal in Cham aufhielt.

Kurze oder lange Röcke verlockten den Lord immer dazu, seine Nase darunterzustecken. Zwar wußte er, daß es da Tabus gab, vor allem bei Nonnen, doch frohgemut versuchte er es stets von neuem: Wer wagt, gewinnt ... Leider ließ Marta tiefere Erkundungen nicht zu und lenkte ihren Riechbegierigen aus dem Pulk der frommen Frauen heraus. Die jüngeren Nonnen kicherten, woraus Billy folgerte, daß sie ihm nicht gram waren.

Plötzlich standen Chow und Frau im Regen. Nein, nicht in dem aus den Wolken, der von oben nach unten fällt, am Himmel hielt sich alles im freundlichsten Blau. Der Fluß *Regen* hatte sich über die Ufer begeben, es war ihm in seinem Bett zu langweilig geworden, was Billy, den Wasseranbeter, vor Begeisterung erstarren ließ.

Dann zog es ihn ins Feuchte, und auch Marta war versucht, die Hosenbeine hochzukrempeln und Schuhe und Strümpfe auszuziehen, um den Lehren des Wasserdoktors Kneipp zu frönen. Billy, ohne den Naturheiler zu kennen, stapfte glücklich durch Rinnsale und Tümpel, schickte sich in tieferen Regenregionen außerhalb des regulären Flußbettes gar zum Schwimmen an. Diesen Genuß durfte ihm Marta nicht gönnen, sie konnte nicht mit einem triefenden Tier ins Hotel zurückkehren. Einmal durchgenäßt, brauchte der Chow einen ganzen Tag zum Trocknen. Markart hätte sie für verrückt erklärt, kämen sie ihm nach solch einem Bad unter die Augen. Vom Hund war Einsicht nicht zu verlangen, die Frau mußte sie aufbringen.

Widerwillig trennt sich der Lord vom Wasser.

Im Hotelwärtströdeln kommen Billy und Marta am Seyppel-Wagen vorbei, der ein Stück vom Eingang entfernt geparkt ist. Marta öffnet mit ihrem Reserveschlüssel den Kofferraum und holt die Hundebürste heraus. Kritisch mustert sie die Beine ihres Wassertreters. Immer noch ziemlich feucht und struppig. Zum Erstaunen der Passanten streicht sie auf dem Bürgersteig einige Male kräftig mit der Bürste durch das Gestrüpp der Chow-Pelzpfoten. Auf der anderen Straßenseite wird ein Schäferhund vorbeigeführt, der setzt sich vor Verwunderung auf den Hintern, Haarpflege in der Öffentlichkeit – so was hat er noch nicht erlebt.

Der Lord ist immer noch nicht hotelfein, die Herberge ist das erste Haus am Platz, also sollten Hunde und Menschen dort manierlich erscheinen. Die Frau verwahrt die Bürste wieder im Wagen. »Na komm«, sagt sie, »gehen wir uns noch ansehen, wo wir heute abend alle drei hinmüssen...«

Billy springt erfreut mit allen vier feuchten Pfoten in die Luft. Einen so ausgedehnten Ausflug hatte er nicht erwartet. Marta muß zugeben: Die Tier-Mensch-gemischte Stadtrunde ist keine Strafe, sie sieht einen freundlichen Ort mit schönen alten und gut eingepaßten modernen Häusern. Ein Schaufensterbummel ergibt sich ganz nebenbei; der kann Billy nicht fesseln, er strebt hurtig voran. Seine Kleidung ist modeunabhängig, der Pelz immer passend, die wechselnden Hüllen der Menschen, auf Puppen hinter Glas dargeboten, lassen ihn gleichgültig. Ihm ist völlig egal, was Markart oder Marta trägt, Hauptsache, sie gehen mit ihm raus.

So, jetzt haben sie auch das Haus gefunden, in dem ihr Autor heute abend liest. Ziel und Zweck sind erreicht, sie gehen zurück zum Hotel. Unten herum sieht der Lord wieder passabel aus, nach der Flußwasserwelle lokken sich die Haare, er wirkt wie frisch aus dem Hundesalon, den er noch nie im Leben aufgesucht hat. Markart freut sich, sie heil wiederzusehen.

»Wir waren schon überall«, erzählt Marta, die Zimmertür hinter sich schließend, »und denk nur, der Regen kam uns entgegen.« Den Sinn dieser dunklen Mitteilung erläutert die Frau, während sie sich umzieht.

Das Restaurant im Hotel ist angenehm leer, die richtige Zeit zum Nachtmahl für die Gäste noch nicht angebrochen. Billy hat freie Bahn in dem großen, gemütlichen Speisesaal, er breitet sich auf die Dielen.

Seine Kneippkur vom Nachmittag und der ausgedehnte Spaziergang lassen ihn in einen Halbschlummer sinken, aus dem er emporschießt, als ein älteres Ehepaar mit Hund erscheint. Kommando zurück! Der Hund ist eine Hündin, eine attraktiv gezeichnete Tigerdogge; Billy möchte auf der Stelle mit ihr eine fruchtbare Beziehung anknüpfen. In Liebe fallend, quietscht er vor Sehnsucht nach der Dame hin. Deren Besitzer wollen aber gar nicht züchten, vor allem keine Mischlinge.

»Am besten, ich gehe mit Billy voraus, den Weg kennen wir, und du kannst in Ruhe dein Bier austrinken und zahlen«, schlägt Marta vor. Sie lotst den verhinderten Liebhaber am Objekt seiner Begierde vorbei. Der Lord ist außer Rand und Band, hoffentlich begegnen ihnen unterwegs nicht noch mehr heiße Hündinnen.

Nach einigen hundert Metern resigniert der Chow, sexueller Verzicht ist sein Schicksal. Der Weg durch die dunkle Stadt lenkt ihn vom Kummer ab. Jedenfalls passiert heute abend noch etwas, wenn auch nicht das, was er sich erträumte. Könnte der Hund seine Triebe sublimieren und hätte Markart erotische Geschichten im Programm, wäre das vielleicht ein Trost für Billy, denkt Marta. Doch sind heute abend heitere Geschichten dran, und der Lord sieht nicht aus, als sei ihm besonders humoristisch zumute.

Als es dann losgeht, amüsiert sich das Publikum, bloß Markart vergeht mitten in einer Story der Spaß. Beim zufälligen Griff in die Jacke stellt er fest, daß seine Brieftasche fehlt. Der Profi läßt sich nichts anmerken und liest heiter weiter, Marta erfährt erst am Ende von dem Verlust. Fünfhundert Mark Bargeld und alle wichtigen Papiere sind in den Schornstein zu schreiben.

Während Seyppel nach einer kurzen Pause noch mit

dem Publikum diskutiert, hat eine der Damen, die den Abend organisierten, im Hotel angerufen. Typischer Fall von mehr Schwein als Verstand! sagt Markart erleichtert, als er das Telefonresultat erfährt. Die Brieftasche wurde gefunden, sie lag unterm Tisch im Restaurant, war aus dem Jackett geglitten, das er auf die Sitzbank gelegt hatte. Vor dem Umtrunk im kleinen Kreis, der sich einer Lesung anschließt, läuft Markart ins Hotel, holt die Brieftasche und bietet einen Finderlohn an.

Die Hotelbesitzerin wehrt ab, entdeckt worden seien Geld und Ausweise von einem Stammgast-Ehepaar, das würde den gesetzlich vorgeschriebenen Anteil gewiß nicht annehmen wollen. Seyppel beharrt, dann müßte zumindest der zuständige Ober belohnt werden. Das ist der Sohn der Hoteliersfrau, nach längeren Hin und Her nimmt er wenigstens einen Zwanziger an. Markart fühlt sich nun besser, er hat dem Schicksal seinen Obolus entrichtet, dem Schutzengel Tribut gezollt oder wie immer man das nennen will.

Billy, dicht bei Seyppels Stuhl liegend, den langen Abend über hat er dessen Nähe entbehrt, macht sich über die ganze Geschichte so seine eigenen Gedanken. Als Vertreter seiner Rasse, der man ja immer viel Hinterlist nachsagt, ist der Lord wenig tückisch. Dennoch kann er sich einer gewissen Schadenfreude nicht enthalten. Den vorübergehenden Verlust betrachtet Billy als Strafe dafür, daß ihn seine Leute so überstürzt aus der Nähe der reizvollen Tigerdame entfernt hatten. Mit ihm, dem aufmerksamen Hund zur Seite, wäre das alles nicht passiert. Schön, die Brieftasche wäre ebenfalls runtergefallen, aber wohin? Auf den tüchtigen Wächter von Seyppels Wohl und Wehe. Er hätte sich schon gemeldet mit Markarts Eigentum unterm Tisch, doch wie soll einer seine

Aufgabe erfüllen, wenn sie ihn so schnöde wegzerren. Hoffentlich lernten die beiden daraus! Es war erwiesen, daß Markart in schlimme Bedrängnis geriet, entfernte sich sein guter Chow auch nur einen Moment von ihm.

Auf dieser Reise jedenfalls, beschließt Billy, würde er den Mann nicht mehr aus den Augen lassen, schließlich sorgte er sich auch um seine eigenen Papiere – wenn Markart etwa auch noch den Hundeausweis verschlammte. Wie stünde er denn da, ein Chow ohne jede Legitimation? Seine Identität wäre gefährdet, jeder könnte ihn behandeln als amtlich nicht vorhanden ...

Der nächste Ort, an dem sie Station machten, kam Billys energischem Sicherungsbedürfnis sehr entgegen. Alles war übersichtlich und rundherum eingefriedet. In Weißenstein, zum Hotel beim »Fressenden Haus«, durchquerten sie eine herrliche alte, gemauerte Burgeinfahrt, so bemessen, daß der Wagen gerade hindurchpaßte. Der Chow nahm sich vor, dort Posten zu beziehen, das würde ihm einen glänzenden Überblick verschaffen, und er könnte kontrollieren, wer und was den historischen Burgbogen passierte. Waren er und seinesgleichen nicht die geborenen Palastwächter? Traditionelle Verhaltensmuster breiteten sich aus in ihm, der Lord fühlte sich in der angemessenen Umgebung. Ob Palast oder Burg, endlich gab es das gebührende Ambiente. Und wie das alte Gemäuer duftete! Billy fiel in einen Geruchsrausch. Eine Chronik der Jahrhunderte bot sich seiner Nase, Geschichten über Geschichten erzählten ihm die bemoosten Steine.

Kaum Zeit genug nahm er sich, in dem modernen, gepflegten Hotel herumzuriechen, das sie alle drei in den nächsten Tagen beherbergen würde. Nichts dagegen einzuwenden, viele Naturhölzer in Fluren und Zimmern, es behagte dem Hund. Doch fiel es ab gegen die sinnverwirrende Vielfalt des mittelalterlichen Burggemäuers. Kaum im Zimmer, wollte er sofort wieder raus und hin zu den Zeugen der Vergangenheit. Marta konnte gerade die Schuhe wechseln, und schon kraxelten sie schmale Fußwege hoch, steile Stücke mit abgetretenen Steinstufen, rechts oder links davon fiel das Gelände schräg ab, und Marta lobte das Geländer, das die Besucher vor knochenbrechenden Stürzen bewahrte.

Markart gesellte sich nach kurzer Zeit zu ihnen, die Frau war froh, daß er nun die Leine hielt, Billy war kaum zu bändigen, kriegte die Nase nicht von Stegen und Mauern weg, schoß von einer Seite zur anderen. Weil es ihn von einer Duftmarke zur nächsten lockte, startete er waghalsige Unternehmen, die Hänge hinab und Gemäuerreste hinauf.

Teile der Anlage boten sich als Ruine dar, nur ein Komplex war gut erhalten oder liebevoll renoviert: das »Fressende Haus« – jetzt, am Nachmittag, betrachteten sie es von außen.

Markart zog es zurück zum Burggasthof Weißenstein. Genug geklettert, sagte er zum Chow, der überhaupt nicht seiner Ansicht war. Widerwillig bequemte er sich zum Abstieg, und weil seine Laune ohnehin schon ins tiefste Burgverlies gesunken war, reagierte er maßlos ärgerlich, als er sah, was den Eingang zum Hotel besetzt hielt. Das hatte ihm gerade noch gefehlt, dort hockte, seiner Heimatrechte bewußt, ein kräftiger Kater. Billy explodierte fast – ob Hochtaunus oder Niederbayern, überall begegnete einem dieses Kroppzeug. Da hatte er sich so gefreut, daß ihm auf dieser Reise Isabella erspart geblieben war, die hatten sie für drei Tage bei Martas Schwester in Pension gegeben, und was geschah? Der ganze Burggasthof wurde ihm zuwider wegen des frechen Katers. Der wich und wankte nicht, schließlich wohnte er hier, und der großmäulige Chow war nur Gast. Billy sammelte sich zum Sturm, aber Marta, die Verräterin, lief zur Hotelkatze hin, redete freundlich mit dem Tier, nahm es hoch und trug es vom Eingang weg auf eine Holzbank neben der Tür.

Um den Lord diese Schmach vergessen zu lassen, mußte heute noch viel geschehen. Zornig sauste er drinnen die Holzstufen hoch, durchs Zimmer und gleich bis zur Balkontür, keinesfalls wollte er in der Nähe dieser Katzen-Marta bleiben.

BILLY WIRD GEKRÄNKT

Auf Markart ist der Lord ebenfalls wütend, der hat ihn auch daran gehindert, das Problem Hotelkater ein für alle Mal zu lösen. Draußen auf dem Balkon linst Billy aufgeregt durch die Lücken der Holzumfriedung, wider alle Vernunft hofft er, den Feind wenigstens zu erblikken. Der Grundriß des Hauses ist ihm noch nicht klar, ihr Zimmer liegt zur falschen Seite.

Dann bringt ihm die Frau seine Schüssel mit frischem Wasser, soll er seine Wut hinunterspülen. Dabei sagt sie mahnend zum Chow: »Hör mal, mein Lieber, wenn du den Burgfrieden brichst, kriegst du die Pfote abgehackt!«

Markart tritt auf den Balkon: »Was erzählst du für blutrünstige Geschichten?«

»Ich versuche Billy nur klarzumachen, was der Ort und seine Gesetze von ihm fordern. Wer innerhalb der Burg-Gemeinschaft gegen einen anderen tätlich wird, geht seiner Hand verlustig. Pfote habe ich nur gesagt, damit Billy es besser begreifen kann. Vielleicht aber ist es verständlicher für ihn, wenn wir ihm die Tafel zeigen, auf der BURGFRIEDE zu lesen ist und obendrein zur Warnung ein Bild und eine Hand aufgemalt sind.«

Markart solidarisiert sich sofort mit dem Lord. »Reg dich nicht auf, alter Junge, hier herrscht kein Ritterrecht mehr. Unsere Marta kommt ja manchmal aus dem Mustopf, und jetzt kommt sie direkt aus dem Mittelalter. Die Frau geht nach, verstehst du? Das wäre ja noch schöner – Ritterrecht, warum dann nicht gleich streng nach dem alten Testament: Auge um Auge, Zahn um Zahn . . .«

»Wenn Billy Krieg mit Katzen anfangen will, sind die entsprechenden Vergeltungen angebracht, für jede Untat folgt die Strafe auf dem Fuße«, beharrt die Frau.

Billy hört mit halbem Ohr auf das Geplänkel der beiden, Auge um Auge, Zahn um Zahn – das entspricht in groben Zügen seinem Weltverständnis. Obwohl, wenn er an die bisher schon bestandenen Auseinandersetzungen mit Katzen denkt, müßte er den Bibelspruch abwandeln zu einem Auge um Auge, Nase um Nase. Seinem Gebiß waren die scharfkralligen Katzen noch nie gefährlich geworden, aber auf die Augen zielten sie und auf seine empfindliche Nase, da hatte er schon blutige Kratzer davongetragen.

Seine beiden Leute gingen ins Zimmer zurück und schlossen die Balkontür hinter sich, der Lord lag gut da draußen. Von der Klettertour auf die Burg fühlten sie sich verschwitzt, eine Dusche wäre richtig. Von draußen dringt ein Schnarchen von Billy herein, das die Glasscheibe in ihrem Holzrahmen beben läßt.

Der Boden für Literarisches ist hier am Ort schon vorgeackert, lange Jahre wohnte ein Autor im »Fressenden Haus«, eine seiner Erzählungen trägt diesen Titel. Der ist sehr plastisch und für jeden leicht nachvollziehbar, der es auf sich genommen hat, seine eigenen vier Wände, das Dach über dem Kopf, zu finanzieren. Siegfried von Vegesack wußte gut, wie aufwendig Wohnen sein kann. Allerdings hatte er sich ja auch ein gewaltiges Projekt ausgewählt, als er sein Domizil im Turm bei der Burg Weißenstein nahm. Seyppels haben bei ihrer sogenannten Taunushütte schon immer den Eindruck, sie hätten weit über ihre Verhältnisse gebaut, ganz zu schweigen von der Wahnsinnsbehausung des aus Livland stammenden Herrn von Vegesack.

Marta überlegt während des Ankleidens, daß sie einiges von dem lettischen Schriftsteller weiß, nur leider nichts über seine Bücher. Der Name ist ihr vertraut, ihre Eltern hatten die Familie gekannt. Damals in Liegnitz war die Rede gewesen vom alten und vom jungen Baron. Vegesack senior hatte dort bei einer Schwester von Martas Mutter zur Untermiete gewohnt, sein Sohn Siegfried war der junge Baron gewesen; auch von der Beerdigung des alten Herrn hatte Martas Mutter erzählt. »Ein feiner Mann« sei das gewesen und sein Sohn genauso höflich und liebenswürdig; finanziell sei es ihnen nicht gut gegangen. Marta erinnert sich, wie ihre Mutter Anfang der siebziger Jahre nach einer Fernsehsendung über alte Schriftsteller, in der Siegfried von Vegesack interviewt wurde, bedauernd sagte: »Der arme Mann. Damals in Liegnitz hatte der Vater schon nicht viel Geld, und jetzt fehlt es dem Sohn an allen Ecken und Enden.«

Zwischendurch, sagt sich Martha, muß der Schriftsteller ganz gut verdient haben, sonst hätte er sich den aufwendigen Wohnsitz hier nicht leisten können. Er hatte auch viel geschrieben, Ehrungen und Preise erhalten, doch dem greisen Autor fehlte es dann an Einkünften, das war in der TV-Sendung deutlich geworden.

Sein »Fressendes Haus« baute die Stadt Regen nach dem Tode von Vegesacks zum Museum aus, es gab wechselnde Ausstellungen dort, der Saal wurde zu Lesungen genutzt.

Das bringt Marta darauf, daß sie ihren Autor nun langsam aufwecken muß, sonst sitzt das Publikum nachher alleine da. Mann und Hund scheinen magisch verbunden, kaum hebt sich drinnen der dunkle Kopf aus den Kissen, schüttelt Billy draußen auf dem Balkon den rotblonden Löwenschädel; zu groß ist seine Sorge, er könnte irgend etwas verpassen. Die kleine Mißhelligkeit mit dem nicht zur Liquidation freigegebenen dickkopfigen und dickköpfigen Hotelkater hat der Chow beiseite geschlummert, er ist wieder der höchst harmonische Hund, mit sich, Seyppels und der Welt im reinen.

BILLY VERLÄSST DEN RAUM

Markart und Marta trinken im Hotelrestaurant einen Kaffee.

Die Frau ist noch vom Mittagsmahl satt und der Mann von der Vesper. Es gab selbstgebackenen Kuchen, frisch aus dem Ofen, davon hat Markart sich zwei Stücke schmecken lassen, das reicht für eine Weile. Ein voller Bauch studiert nicht gern – noch viel weniger trüge er gern öffentlich Geschichten vor.

Billy liegt brav bei Fuß, plötzlich wird er unruhig, wittert und läuft zur Tür. Die ist geschlossen, doch was den Lord alarmierte, dringt trotzdem durch – in der erst halbvertrauten Fremde hat er Bekanntes entdeckt, muß raus und sich vergewissern. Tatsächlich wird eben ein starker Audi durchs enge Burgtor gezirkelt, weitere Oberreifenberger halten Einzug in Weißenstein, Mahlmanns kommen. Billy hat sofort ausgemacht, daß sie ohne ihre Hunde kommen und deshalb seiner allerherzlichsten Begrüßung würdig sind, er freut sich aufrichtig. Seine heimische Zweitfamilie ist allein für ihn verfügbar. Larissa und Thomas Mahlmann steigen aus ihrem Turbo. Unterwegs haben sie fein gespeist, beide sind Gourmets. Die Herberge samt Umgebung finden Zustimmung, nichts kann mehr schiefgehen. Billy zeigt sich von seiner besten Seite, vor Liebe richtet er sich zur Höhe der zierlichen Larissa auf, so daß sie sich bei dem Ansturm kaum auf den Füßen halten kann.

Der Lesesaal im uralten Gemäuer des Turms ist passend restauriert und renoviert – viel helles Holz, in den Vitrinen glitzernde Mineraliensammlungen. Der Raum füllt sich mit Publikum, Mahlmanns, Marta und der Chow flüchten nach draußen aufs Plateau vor dem Turm, Thomas geht es wie dem Tier – beiden wird es schnell zu heiß.

Frische Luft hin oder her – sie müssen rein, Markart wird vom Stadtoberhaupt eingeführt und spult sein Programm ab. Billy will mitspielen und zu ihm aufs Podium, läßt sich aber von Marta überreden, bei ihr zu bleiben.

Seyppel liest eine Geschichte, die in der Umgebung angesiedelt ist, Bayerischer Wald und Bodenmais kommen darin vor. Das hat er nicht eigens für die Lesung am Ort gedichtet, wie vermutet wird, das war lange vorher gedruckt.

Es wird wärmer und wärmer. Thomas legt erst seine Lederjacke ab, dann seinen Pullover – Auswege, die dem schwitzenden Lord verwehrt sind. Der liegt auf den Dielen und weiß nicht, wie ihm geschieht. Die fürsorgliche Stadtverwaltung hat in ihrem Mehrzwecksaal eine Fußbodenheizung installieren lassen – für den Chow eine Tortur. Er glaubt sich inmitten einer Horrorstory mit dem Titel: Heute wirst du gegrillt, Billy! Ächzend erhebt sich der Hund und stellt sich auf die Füße, seine Wärmeflächen verringernd.

Markart liest eine Geschichte, in der Bären und allerlei Getier, doch keinerlei Chows auftreten; Billys Interesse für die Ereignisse in Bodenmais sinkt ins Bodenlose. Wenn Vegesack noch lebte, denkt Marta, hätte sich Billy durch ihn vielleicht besser bedient gefühlt, von ihm gibt es eine Sammlung Tiergeschichten, genannt: »Der Spitzpudeldachs«.

Jetzt eben hat Markart ein Wort ausgesprochen, das der Chow als Signal auffaßt: Hund – hat er gehört und startet durch zum Podium. Seyppel sieht seinen hechelnden Löwen auf sich zukommen und wehrt ab: »Nein, Billy, du bist noch nicht dran, später dann, später ...«

Was zuviel ist, ist zuviel. Der Chow macht auf dem Absatz kehrt und wendet sich an Marta: »Komm, wir gehen!!!«

Heroisch hat Billy auf sich genommen, daß er ringsum gebraten wurde, daß sein Mann da vorn ewig von einem Bären erzählte, traurig, aber nicht zu ändern.

Die Zurückweisung vor dem gesamten Publikum aber ist mehr, als er ertragen kann. Wenn er an diesem Abend nicht zum Zuge kommen soll, zieht er eben die Konsequenzen und geht ab.

Wie rücksichtslos Markart sich verhielt, war dem vor Hitze hechelnden Chow klargeworden, als er Richtung Podium lief – dort hätte er gut lagern können, die Empore war nicht von unten her befeuert wie der übrige Saal. Ein wahres Asyl für Billy hätte das sein können, und das verwehrte ihm dieser Unmensch. Behandelte ihn, seinen besten Freund und ständigen Begleiter, wie einen lästigen Störer. Hatte er nicht bei anderen Lesungen neben Markart auf dem Podium Platz genommen? Nie fühlte das Publikum sich davon gestört. Ganz im Gegenteil. Die Anwesenheit Lord Billys war von den Leuten stets mit Sympathie vermerkt worden. Wenn Markart Billys Auftritt verhinderte, mußte das Gründe haben, die nichts mit dem Verhalten des Chow zu tun hatten.

Billy kam sich jetzt in Niederbayern wie ein Ausländer vor. Hatten Markart und Marta nicht ihn, Billy, vor einiger Zeit noch als Ausländerfeind verdächtigt? Vor ihrer gemeinsamen Reise nach Spanien war wegen Billy hin und her gerätselt worden. Der Chow sei gastarbeiterfeindlich, meinten sie. In Spanien hatte er ihnen gezeigt, daß nichts dran war an ihrem Verdacht. Wer wie Billy selbst aus fernen Gebieten stammte, konnte gar nichts gegen Ausländer haben. Ausgenommen, wenn sie zu laut auftraten oder nach Alkohol rochen oder beides miteinander vereinigten. Billys Ablehnung richtete sich dann nicht gegen das Ausländische, ihn stießen auch laute, besoffene Inländer ab. So war das doch, das mußten die zwei Menschen endlich einsehen und anerkennen, und sie merkten es auch. Weder Markart noch Marta hatten ihn nach der Spanienreise jemals wieder der Ausländerfeindlichkeit verdächtigt, nur behandelten sie ihn jetzt in Bayern genauso dumm und feindlich, als wäre Billy hier ein Ausländer. Besonders Markart behandelte Billy so, und das enttäuschte den Lord gerade deshalb, weil sie sich im allgemeinen näherstanden und bestens miteinander harmonierten. Nein, wie immer und von welcher Seite aus man den Vorfall auch betrachtete, es gab keine Entschuldigung für Markarts plötzlich ausgebrochene Unhöflichkeit. Unentschuldbar zumal, weil sie in aller Öffentlichkeit passiert war, und vollkommen unvorhersehbar. Nicht den geringsten Grund hatte Billy geliefert, der Abend war bis dahin harmonisch verlaufen wie ein Weihnachtsmärchen, da war sich Billy sicher, und gerade weil er sich nicht der geringsten Schuld bewußt war, empörte er sich noch nachhaltiger. Es war einfach nicht zu fassen. Jemand, der so mit ihm umsprang, sollte sehen, wie er fortan allein durchs Leben fand, weiß der Teufel, was dem Schutzlosen widerfuhr, wenn Billy ihn verließ. Wahrscheinlich verlor der Mann wieder seine Papiere, sein Taschentuch oder gar seinen Kopf – der Hund lehnte jede Verantworung ab.

Energisch bedeutete er Marta, daß sie den Schauplatz seiner Erniedrigung sofort verlassen müßten. Thomas lächelte verständnisvoll und flüsterte ihm zu: »Ich versteh' dich gut, Billy, mir ist auch zum Ersticken heiß. Wär's nicht gerade so lustig, was Markart liest, käme ich am liebsten mit!«

Im Hinaussausen notierte sich Billy Mahlmanns Zustimmung im Gedächtnis, auf den Typ könnte man zurückgreifen, er zeigte Verständnis für den armen Hund, eine Regung, die Markart völlig vermissen ließ.

Draußen schießt Billy raketengleich in die Dunkelheit, zerrt Marta über Weg und Steg, von Wut und Wärme aufgeladen. Die Frau ist nicht erfreut über den plötzlichen Aufbruch, noch nie hat der Lord solche Extratouren eingelegt, immer hat er das Ende der Veranstaltung abgewartet. Allerdings war dem lebenden Wärmespeicher auch nie eine Fußbodenheizung zugemutet worden.

Am nächsten Morgen wahrt der Lord Markart gegenüber deutlich Distanz. Zur Versöhnung macht der Mann mit seinem Chow die große Burgtour über Stock und Stein. Als sie zurückkehren, reden die beiden wenigstens wieder miteinander. Billy mit seinem Gespür für Bevorstehendes schmeichelt und scherzt mit Larissa und Thomas, er vermutet große Abenteuer.

Der Manager, sonst mit dem Vertrieb gigantischer Mengen von Gebrauchsgütern befaßt, hat jetzt nur ein Wochenende mit vier Menschen und einem Tier zu organisieren, was er wie alles in seinem Leben mit Schwung angeht. Markart ist die freundliche Verplanung angenehm, er ist seiner Lesepflichten ledig, muß keinen unterhalten, kann sich nun vielmehr selbst unterhalten lassen. Ausflüge stehen bevor. Frage: Wie viele Autos werden benutzt?

»Mein Wagen genügt«, entscheidet Thomas. Doch wohin mit Billy? Aller Gewohnheit nach gehört ihm die hintere Sitzbank im Automobil, jetzt wird er hinten in die Mitte verfrachtet, Markart und Marta rechts und links von ihm. Das Tier ist hoch beglückt, endlich ist die Gleichberechtigung erreicht, triumphierend blickt er um sich: Drei Chows auf den Rücksitzen!

Seine Sympathie für Thomas steigt ins Astronomische. Nicht nur unternimmt dieser Mann so feine Fahrten, er erhöht den Hund zugleich in seinem Status. Das dankt ihm der Lord durch vollendetes Betragen. Ein wahres Muster an Wohlverhalten und Höflichkeit läßt sich da durch die Landschaft chauffieren. Billy in Bayern fühlt sich jetzt blendend. Die Schmach von gestern abend sinkt hinab in den Bewußtseinskeller. In seiner heutigen Position, die beiden Mitgeschöpfe neben sich, fühlt sich der chinesische Hund voll und ganz akzeptiert.

Vielleicht ist das hierzulande auch ein Reflex auf die glänzenden Beziehungen, die der oberste Bayer zum Reich der Mitte pflegte. Franz Josef Strauß und China sind ein Herz und eine Seele, die Brieftasche nicht zu vergessen. Eine Provinz, in der ein Chow sich ganz asiatisch wohl fühlen kann, das Paradies für den Blick aus Mandelaugen. Billy blickt fleißig rechts und links der Strecke ins Land, aufrecht sitzend nimmt er Bayern in Augenschein. Zum Arber – hieß die Parole, das ist ein großer Berg, hört der Lord. Noch mehr läßt ihn frohlocken, daß es auch Richtung Arber-See geht. Was will einer wie er noch mehr als Wasser? Die vier Menschen im Wagen reden über den gestrigen Abend. Thomas wiederholt sein Verständnis für Billys Absetzbewegungen: »Ich bin mir auch vorgekommen wie in der Sauna!«

»Unser Hund«, sagt Marta, »fühlte sich wohler, wenn Markart Eisläufer wäre statt Schriftsteller.«

»Ich will ja Markart nicht zu nahe treten«, bemerkt Larissa, »doch die Glanzzeiten der Eis-Stars sind biologisch begrenzt . . .«

»Du meinst, ein Mann in meinem Alter kann nicht mehr die Balance auf Schlittschuhen halten, sondern nur noch den Stift zum Schreiben?«

»Dabei schreibst du so gut wie nie mit dem Stift, sondern alles in die Maschine«, wendet Marta, die Pedantin, ein.

In Thomas weckt die bloße Vorstellung von einem vergreisenden Markart seine leicht aktivierbaren Versorgungsinstinkte: »Die notwendigsten Lebensmittel könnte ich euch garantieren«, versichert der Supermarkt-Manager, »verhungern lasse ich meine Freunde nicht.«

Seyppel bedankt sich, er hoffe, für die Ernährung von Frau und Hund noch aufkommen zu können; gegen kleine Vorschüsse in Form von Wurst und Schinken habe er aber nichts einzuwenden. Das freut Mahlmann, und Larissa muß gleich notieren: Nächste Woche Räucherwarenproben rüber zu Seyppels!

Wurst und Schinken lassen Billy kalt, er mag weder das eine noch das andere, überhaupt ist er mehr für die Genüsse der Gegenwart. Draußen liegt der versprochene See.

Die Fünf vertreten sich zusammen zwölf Beine. Am Ufer tummeln sich ganze Scharen von Besuchern, erst in der Landschaft, dann im Speiselokal. Nun rückt noch eine Ausflugsbus-Besatzung an. Billy droht der Erstikkungstod. Kein Wunder, es ist High-Noon, alle Menschen haben Mittagshunger.

Eilig wird die Mahlzeit beendet, ihre Fleischportion und die Hälfte von Markarts Steak packt Marta in eine Plastiktüte – das ist für Billy bestimmt, seine von daheim mitgebrachten Vorräte sind aufgezehrt. Mahlmann leidet bei diesem Anblick fürchterlich, er haßt es, wenn am Lokaltisch etwas für später verwahrt wird. Das erinnert den Selfmademan und Aufsteiger an die eigene harte Jugend und daran, wie seine Mutter Restaurantessensreste aus Sparsamkeit mit nach Hause nahm. Marta empfindet ihr Benehmen auch als wider die gute Erziehung, doch kann sie für den Chow unterwegs nicht kochen oder braten, und was es fertig zu kaufen gibt in der Gegend, Schnitzel, Hacksen vom Schwein, verträgt der Lord nicht, darauf reagiert er mit Hautausschlägen. In der Zwickmühle, den sensiblen Thomas zu kränken oder den Chow krank zu machen, entscheidet die Frau sich für das Tier.

Sei es, um Martas Fauxpas vergessen zu machen – von dem die junge blonde Kellnerin indessen gar nichts mitgekriegt hat –, sei es aus allgemeiner Großzügigkeit: Thomas gibt ein Trinkgeld, das die Berliner Studentin, im Lokal hier während ihrer Ferien jobbend, vor Freude erröten läßt. Die Rechnung beträgt etwas über 65 Mark, der Supermanager reicht einen Hunderter und verzichtet auf Wechselgeld.

Beide Männer haben die Spendierhosen an, das Begleichen der Rechnungen tragen sie wie einen Wettkampf aus. Weil Markart die Freunde in den Weißensteiner Burggasthof eingeladen hatte, zahlte er auch gleich ihr Hotelzimmer mit. Das läßt Thomas keine Ruhe, fortan will er auf den Ausflügen für alle kleineren und größeren Ausgaben aufkommen, wogegen Seyppel wiederum Einwände vorbringt. Billy ist das ewige Hin und Her mit dem blöden Geld schnurzpiepe, nur eines prägt er sich ein: Als Markart am Sonntag morgen die verschiedenen Extras im Weißensteiner Hotel bezahlt, sagt die Besitzerin: »Für den Chow berechne ich den Zwei-Mark-Hundezuschlag pro Nacht nicht. Er war so artig, den hat man ja gar nicht gemerkt.«

Vor Stolz schwillt der Gelobte gleich aufs Doppelte seines Umfangs an, da sieht man wieder, welche Ausnahme er ist. So ein Tier sollen sich Seyppels noch mal suchen, nicht unter Millionen fänden sie eines, das ihm ebenbürtig wäre.

Nach dem Mittagsmahl am Arber-See ist Mahlmanns Besichtigungsdrang noch lange nicht gestillt. Er und Billy sind vom gleichen motorischen Typ, sie können nie genug bekommen. Auf geht's zur tschechischen Grenze. Marta sieht sie alle zusammen schon in Prag, doch für einen Trip in die Goldene Stadt fehlt die Zeit. Am Montag muß der Manager wieder managen, so begnügen sie sich mit einem Besuch am Grenzübergang Eisenstein. Danach fahren sie Richtung Regen.

Die Nähe der ČSSR läßt Thomas ins Schwärmen geraten: »Das wären Aussichten für Supermärkte, da würden Neugründungen Spaß machen. Pionierarbeit wäre dort zu leisten.«

Der Produkt-Jongleur skizziert aus dem Handgelenk, wie dabei vorzugehen wäre, es ist ein Traum, den Seyppels aus vielen Gesprächen mit dem Top-Verkäufer kennen. Der heimische Markt ist übersättigt, die Konkurrenz wird immer härter. Verständlich, wenn einer seiner Phantasie freien Lauf läßt. Expansion dort, wo sie wirklich gebraucht wird – das wäre für Thomas die Krönung seiner Karriere. Im Westen gibt es nicht nur zu viele Bücher, wie Seyppels wissen, es gibt von allem zuviel.

Die Wochenendstimmung droht sich zu verflüchtigen, der Streß des Alltags drängt herein, bloß Billy, das Luxusgeschöpf, bleibt davon unbetroffen.

»Der Lord hat's gut«, sagt Markart, »er lebt bereits im Kommunismus, wie ihn sich die Menschheit erträumte, völlig nach seinen Bedürfnissen ...«

»Bis auf die sexuellen«, schränkt Marta ein, »da bleiben für den unternehmungslustigen Rüden eine Menge

Wünsche offen. Liebe kriegt er genug, nur nicht von einer ganz bestimmten Sorte.«

Der Chow blickt aufmerksam drein und nickt zustimmend. Es ist nett von den Menschen, daß sie einen erzwungenen Verzicht bedauern. Davon abgesehen, hätte er noch andere Anliegen. Er lebe im Paradies, behaupten diese Leute, na, da fehlt aber einiges, und einiges ist zuviel. Zum Beispiel die Katzen – schöner Garten Eden für Chows, wenn das miauende Kroppzeug darin herumschleicht. Seine vollkommene Welt sähe beträchtlich anders aus, doch zu seinem Chow-Traumland fehlt den Menschen der Zugang.

»Billy, der Rote, lebt im Kommunismus«, sagt Larissa.

»Wieso der Rote?« fragt Thomas. »Ich finde ihn eher goldblond ...«

»Nach dem Rassestandard heißt diese Farbe Rot«, gibt seine Frau Bescheid.

»Weil du gerade von Rasse sprichst, stellt euch vor, in ›Brehms Tierleben‹ gibt's gar keine Chows ...« Der Vorwurf in Martas Stimme ist nicht zu überhören.

»Ich glaub' du hast nicht richtig nachgesehen!« Markart, der ewig Mißtrauische.

»Also bitte! Die erste Ausgabe ist 1869 erschienen, da war der Chow in Deutschland wohl nicht bekannt. In der Neubearbeitung von 1952 erwähnen sie ihn allerdings auch nicht, da gab es doch wieder Chows.«

»Brehm schreibt«, wirft Larissa ein: »›Sehr bemerkenswert ist, daß dem Hunde, der doch eigentlich nur Verständnis für Hundedinge haben sollte, Verständnis für Menschendinge beigebracht werden kann. Man beobachte nur einmal, wie ein Blindenhund einen Blinden führt!‹«

Das Zitat finden alle sehr schön, besonders Billy.

»Wie belesen meine Frau ist«, staunt Thomas.

»Gräm dich nicht«, tröstet Markart hinterhältig, »Leser sind eine aussterbende Menschengattung.«

Billy beginnt laut zu hecheln, Marta vermutet, er möchte Kritik zu Brehm äußern, doch die Hundekennerin Larissa sagt energisch: »Der Chow hat Durst.« Plötzlich merken alle, daß sie dringend was zu trinken brauchen.

Zwei wollen Wasser – Billy und Thomas –, die drei anderen lechzen nach Kaffee. In der nächsten Konditorei füllt eine freundliche Frau Billys Wasserschüssel. Der Chow hat im Arber-See tüchtig getrunken, nun schlabbert er schon wieder gierig das belebende Naß unterm Tisch, während Thomas sich auf dem Tisch eine Selters schmecken läßt. Kaffee muß er meiden, sein Blutdruck ist zu hoch. Essen will keiner etwas, der Lord dreht hochmütig den Kopf weg, als Larissa ihm ein Vitaminbonbon für Tiere hinhält. Wegen ihrer eigenen Hunde hat sie immer einen kleinen Vorrat davon in der Tasche.

»Brauchst ja nicht gleich beleidigt zu sein«, sagt sie. »Nino und Benjamin mögen die Bonbons sehr gern. Billy, Billy, du bist wirklich ein kompliziertes Wesen!«

Der Chow legt einen tödlich gekränkten Ausdruck auf. Das kann er gut. Darin ist er Meister. Er weiß auch, daß die Menschen sich dann gleich Mühe geben, ihn wieder zu versöhnen. So sammelt der Lord überzählige Streicheleinheiten ein. Die vier Menschen registrieren das schweigend. Alle vier denken: Der Chow verhält sich so menschlich wie jeder von uns. Nur Markart denkt: Lord Billy ist ein Übermensch.

BILLYS RACHE IST SÜSS UND GEZIELT

Billy soll sich nach der langen Fahrt die Pfoten vertreten. Seyppels lassen ihn die Strecke zum Hotelgarten ohne Leine laufen. Der Chow rennt voraus und wartet dann unter einer alten, weit ausladenden Linde. Plötzlich springt aus den oberen Ästen eine schwarze Katze herunter, direkt neben Billys Kopf. Der Chow startet durch wie Larissas Porsche. Katze und Hund rasen hintereinander einen busch- und baumbestandenen Hang hoch.

Marta saust hinterher und ruft aus Leibeskräften: »Billy, pfui, Billy, aus!« Der denkt gar nicht daran, seinen Lauf zu stoppen. Die Schwarze rast immer vor ihm her, der Abstand verringert sich. Warum nur sucht die Katze nicht Schutz auf einem der vielen Bäume? denkt Marta im Hinterherhetzen. Die Katze muß völlig die Nerven verloren haben, erst landet sie ihren Sprung fast auf Billys Kopf, und jetzt vergißt sie das erste Fluchtgesetz für Katzen: Höhe gewinnen. Noch nie hat ein Hund sein Jagdobjekt bis in einen Baumwipfel verfolgt. Die Frau erwischt den Schweif von Billy, der reißt sich los. Marta brüllt immer lauter, sie sieht mit Schrecken, die beiden bilden ein Knäuel, das schwarze Tier dicht vor Billys Schnauze, es strampelt und schlägt mit den Pfoten nach dem Verfolger. Endlich ist Marta heran und reißt den Chow an der Mähne von seinem Opfer weg. Die Katze rollt vom Rücken auf die Beine, läuft ein paar Schritte, dort bleibt sie sitzen und will den ungleichen Kampf offensichtlich fortsetzen. Die Frau, der die Knie zittern, hält den wutschnaubenden Lord am Leibgeschirr fest, inzwischen ist Markart herangekommen und schimpft mit Marta: »Warum schreist du denn wie eine Irre?«

»Sollte ich zusehen, wie dieser Kerl die Katze erledigt?«

Billy bebt noch immer vor Erregung. Seyppel läßt den Karabinerhaken am Geschirr einklicken und zieht den Hund weg. Die Katze geht ab in die andere Richtung, verletzt scheint sie nicht zu sein, Marta beruhigt sich: »So was hab' ich noch nicht erlebt. Die durchgedrehte Katze wollte mit Billy einen Wettlauf auf dem Boden austragen ...«

Markart spricht auf den Lord ein. Die Auseinandersetzung ist von der Katze provoziert worden, Billy hat nur reagiert. Nur ein Engel oder Idiot in Hundegestalt hätte den Fehdehandschuh liegenlassen. Der Chow strebt nicht an, als Heiliger zu gelten.

Weil der Zusammenstoß unblutig endete, kann Marta sich entkrampfen, oben im Zimmer wird auch der Lord friedlich: »Schluß mit den ›Jagdszenen in Niederbayern‹, Himmel noch mal, so eine dusselige Katze«, murmelt die Frau.

Auf dem Balkon setzt Marta sich neben den immer noch heftig atmenden Hund. »Ich versteh' dich nicht«, sagt sie, »du bist doch größer und stärker als so ein Katzentier. Kannst du dann nicht auch der Vernünftigere sein?«

Billy hört erst zu, dann bekundet er deutliches Desinteresse an Martas Appell. Die Frau erinnert sich einer Geschichte, in der sich ein Rassegenosse von Billy als wahrer Samariter erwies. Vor Oberreifenbergs Antiquitätenladen betrachtete die Inhaberin Marta und den Lord mit einer Mischung aus Freude und Schmerz.

»So einen Prachtkerl hatten wir auch, er ist vorige Woche gestorben ...«

»War er schon alt?«

»Knapp neun Jahre.«

»Da wär ihm noch einige Zeit zu gönnen gewesen ...«

»Unser Turbo ist aus Kummer eingegangen.«

»Aus Kummer?«

»Als junger Hund fand er im Straßengraben einen von einem Auto angefahrenen, verletzten Kater und adoptierte ihn auf der Stelle, die beiden wurden unzertrennlich. Beim Tierarzt ging der Chow mit ins Behandlungszimmer; als wollte er den Findling bewachen. Turbo und Darkness, so hatten wir den Kater genannt, weil er ganz schwarz war, lebten in Harmonie miteinander. Nun ist erst der Kater gestorben und wenige Wochen darauf sein Freund Turbo, der die Trennung nicht ertragen konnte.«

Billy hatte der Story aufmerksam gelauscht, weil er die junge Frau, von der sie erzählt wurde, gern mochte. Doch sein Verhältnis zu Katzen besserte sich kein bißchen. Marta stellte ihm die ungewöhnliche Freundschaft zwischen Chow und Kater wieder und wieder als Beispiel hin. Wie man Katzen adoptieren konnte, war Billy unbegreiflich, er verstand immer nur liquidieren.

Marta sprach noch öfter mit der Antiquitätengeschäftsfrau. Beiden war aufgefallen, wie unterschiedlich Hunde und Katzen sich beim Essen verhalten. Katzen sichern während der Mahlzeit besorgt und ängstlich nach allen Seiten. Macht sich ein Chow dagegen über seinen Napf her, kann rings um ihn das Weltall einstürzen, da stört ihn nichts.

Wenn Besucher auftauchen, steckt Billy allerdings seinen Löwenschädel in die Schüssel und deckt sie gegen möglichen Diebstahl ab, das ist eine Situation, in der er sich sehr besorgt gibt. Dabei hat ihm bestimmt noch kein menschlicher Gast auch nur einen Brocken aus seinem Napf geklaut, das mußte ein angeborenes Mißtrauen sein. Besonders schlimm stellt der Lord sich an, wenn es um einen Knochen geht, den würde er gnadenlos verteidigen. Im letzten Jahr hatte sich Billy etwas Besonderes ausgedacht. Erlaubte sich Markart, ohne seinen Chow mit dem Auto loszufahren und gar noch mehrere Tage auszubleiben, sauste Billy, kam der Mann dann nach Hause, nicht wie sonst ans Tor zur Begrüßung, sondern an seinen Napf, wo er hastig zu essen begann. Das sollte bedeuten: Wer es fertigbringt, ohne mich wegzufahren, der ist auch dazu imstande, mir mein Futter wegzunehmen.

Das Verhalten des Lords war eine Demonstration seines inneren Zustands und seiner Wünsche. War in seiner Seele alles im Lot, begrüßte Billy den Heimkehrer mit zupackender Zärtlichkeit. Längere Abwesenheit aber verübelte er dem Mann von Jahr zu Jahr mehr und behandelte Markart ein paar Strafminuten lang wie einen Fremden, vor dem man sein Essen in Sicherheit bringen muß.

Der Lord hielt das für den besten Weg, seinen Menschen endlich unmißverständlich klarzumachen, was für ihn längst zum obersten Prinzip geworden war:

Reisen nur mit Lord Billy – sonst seid ihr nicht mehr meine Freunde, wie ich nicht mehr euer Freund bin.

Punktum: Woff!

ZUNGE ZEIGEN

Anfang des Jahres 1990 bat ein Tierfreund unter den deutschen Verlegern Markart um ein Vorwort für die deutsche Ausgabe des Buches »Der Chow-Chow« von Diana Phillips. Markart zögerte erst und blätterte mißtrauisch wie ein Chow in der englischen Ausgabe. Marta wurde zu Rate gezogen, sie fand insbesondere den englischen Speisezettel nicht gut. Nun zogen sie Lord Billy ins Vertrauen, und der schüttelte sich vor Entsetzen, als er hörte, was englischen Chows als Nahrung vorgesetzt wird.

Schon wollte Markart das Vorwort verweigern, als Marta und er beim Weiterlesen ihre Meinung änderten. Ihre Stimmung schlug um. Es ist, abgesehen vom Speisezettel, doch ein gutes Buch, erklärten sie Billy und lasen ihm noch einige Stellen vor, die der Lord billigen mußte, weil sie genau zutrafen. Mit der Küche sind die Briten noch nie Weltmeister geworden, meinte Marta, so was färbt von den Menschen auf die Hunde ab. Billy murrte und knurrte unwillig etwas beiseite, doch blieb er sehr leise und kaum vernehmbar, denn die anderen Stellen aus dem Buch schmeichelten ihm eher.

Also wurde beschlossen, daß Markart das Vorwort zur deutschen Ausgabe schreiben solle. Am nächsten Morgen legte der Lord sich neben Markarts Schreibtisch, und der griff in die Tasten und schrieb:

»Wer einen Hund haben will, sollte sich keinen Chow nehmen. Denn der Chow ist kein Hund, der seinem Herrn dient wie ein Knecht. Der Chow ist eine Mischung aus Hund und Katze und Mensch. Wer seinen

Chow zum willenlosen, dienenden Knecht machen will, schafft sich einen Feind an. Der Chow ist stolz. Mensch und Chow gehen eine Art Ehe ein, und keine moderne, offene, sondern eine traditionelle mit gegenseitiger Treue. Wer das nicht weiß oder will, lasse die Finger davon. Wirkliche Chow-Freunde bilden unter den Hundebesitzern eine liberale, elitäre Gruppe. Ihrer Überzeugung nach ist der Chow ein in ein Prachtfell eingenähter heimlicher Mensch. Die übrige Menschheit teilt sich in zwei große Klassen: Die eine Klasse hat noch nie einen Chow gesehen und fragt unsereinen erstaunt, was das für eine fremde Rasse sei. Die andere Klasse weiß vom Chow, daß er eine ›blaue Zunge‹ habe. Unser Chow, Lord Billy, wird von diesen Leuten immerzu aufgefordert, seine ›blaue Zunge‹ zu zeigen. Ehrlich gesagt, hängt ihm das zum Halse heraus. ›Tatsächlich, er hat eine blaue Zunge!‹ rufen die Menschen befriedigt aus. Lord Billy hält diese Menschen für recht einfältige Lebewesen, die immer nur das eine von ihm wissen wollen. Dabei besitzt er doch noch so viele andere köstliche Eigenschaften und Begabungen. Neulich träumte mir, unser Chow habe einem Menschen gesagt: ›Zeig mal deine rosarote Zunge!‹ Und dann habe er gekichert.«

So weit also Markarts Vorwort zur deutschen Ausgabe des Chow-Buches von Diana Phillips. Natürlich mußte der Autor seinem Chow das vorlesen. Billy lag aufmerksam neben dem Schreibtisch und stellte die kleinen goldbraunen Lauscher auf.

»Ist es okay, Billy?« fragte Markart. Billy erhob sich, warf dem Menschen einen seiner typisch geheimnisvollen asiatischen Blicke zu und trottete zur Tür.

Markart öffnete ihm die Tür, der Chow stieg die Treppe hinauf in Martas Obergeschoß, wo er vor der Haustür wartete, bis Marta ihn in den Vorhof entließ.

Es verging keine halbe Stunde, bis Marta Markart nach oben rief. Sie blickten beide verdattert durchs Küchenfenster nach draußen.

Dort stand innen am Zaun Lord Billy. Ein leichtes, kaum sichtbares Schwanzwedeln deutete Einverständnis und Freude an. Draußen auf der Straße standen mehrere Dutzend Kinder, offenbar eine Schulklasse auf Taunuswanderung.

Die Kinder schwiegen alle miteinander. Kein Laut durchbrach die Stille. Wie aber kam es zu dieser unnatürlichen Lautlosigkeit von Schulkindern, die normalerweise Lärm machen wie eine ganze Herde spielender und streitender Äffchen?

Ganz einfach – alle Kinder standen reglos da und streckten ihre Zungen heraus.

»Herrschaft noch mal«, sagte Markart fassungslos, »jetzt hat unser Billy doch diese Menschen tatsächlich aufgefordert, ihre rosaroten Zungen zu zeigen!«

LORD BILLYS HUNDE-KATECHISMUS

Als Lord Billy, der Chow, lange genug unter Menschen gelebt hatte, beschloß er, für alle Geschöpfe seinesgleichen einen Verhaltenskatalog aufzustellen, damit nicht jeder einzelne arme Hund, der mit Menschen im Rudel zusammenzuleben gezwungen wäre, erst wieder herausfinden müsse, wie Tier und Mensch zueinander passen.

Weil Billy zufällig in einem menschlichen Schriftstellerhaushalt aufgewachsen war, verstand er bald, daß es nützlich sei, die Regeln des Umgangs in einem Buche aufzuschreiben. Mehrere Versuche, seine Weisheit einer jener Schreibmaschinen beizubringen, an denen seine beiden Menschen, Markart und Marta, sich abmühten, scheiterten an gewissen technischen Unvollkommenheiten.

Drückte Billy eine seiner Vordertatzen auf die Tasten, blieben mehrere auf einmal unten, was die gesamte elektronische Anlage durcheinanderbrachte und die Seyppels, betraten sie hernach ihre Arbeitszimmer, in einen Zustand der Ratlosigkeit und Verzweiflung versetzte.

Sie begannen dann auf die rapiden technischen Verfeinerungen zu schimpfen, die moderne Schreibgeräte immer anfälliger werden lassen. Dann telefonierten sie hektisch mit Firmen und Werkstätten, und Billy, der sich unschuldig auf dem Teppich ausgestreckt hatte, nahm sich vor, es beim nächsten heimlichen Schreibversuch nicht mit der Tatze zu probieren, sondern mit der Schnauze.

Als Resultat sanken nun alle Tasten nieder und blieben so im technischen Defekt anklagend in der Tiefe stecken. Markart, der es als erster bemerkte, knurrte: »Ich glaub', ich spinne, die Tasten meiner Schreibmaschine gehen in den Untergrund.«

Die beiden Menschen berieten, ob sie nicht zu einem Computer übergehen sollten, aber Marta war dagegen: »Computer sind noch viel verzwicktere Apparate.«

Billy verstand, die Schreibmaschinen blieben dem Hause erhalten. Da er aber seine beiden Menschen liebte und ihnen die moderne Technik nicht noch mehr verleiden wollte, unterließ er fortan seine heimlichen Versuche, ein Buch zu schreiben. Wenigstens so lange, nahm er sich vor, wie diese unfähige Menschheit es versäumte, besonders perfekte Geräte für intellektuelle Hunde, zum Beispiel für Chows, zu entwickeln.

Menschen sind furchtbar egozentrische Lebewesen, stellte Billy fest, und sein natürlicher Ausdruck von Melancholie verstärkte sich dabei noch um mindestens zweihundert Prozent.

Eines Tages war ein praktizierender Theologe im Haus zu Besuch, ein Pastor also, der mehrfach von einem Katechismus sprach. Lord Billy, der sich unauffällig im Hintergrund hielt, begriff, es handelte sich um ein ganz besonderes Buch mit den wichtigsten Hinweisen für das Zusammenleben. Natürlich war der Pastor wieder nur auf seine eigene Rasse aus. Diese eingebildeten Menschen, die sich gegenseitig die Existenz einer Seele bescheinigten – die sie den Tieren absprachen –, waren eben unfähig, der Begrenztheit ihres engen Horizontes zu entfliehen.

Zwar warf der Lord Chow vom Teppichboden aus mehrfach ein, daß Tiere auch eine Seele besäßen, insbesondere Hunde, ganz und gar insbesondere der Chow und noch ein weiteres verflixtes Mal ein Chow namens

Lord Billy, doch weder der Theologe noch Marta oder Markart nahmen die Einwürfe zur Kenntnis.

»Verdammte Egozentriker!« knurrte Billy.

Diesmal wurde Markart aufmerksam.

»Was ist, Billy?«

Dumme Frage, dachte der Lord, hättest eben gleich die Löffel öffnen sollen.

»Hast du Durst, Billy?« fragte jetzt Marta. Frauen denken praktischer als Männer. Um Marta nicht zu enttäuschen, erhob er sich und schritt gravitätisch und betont langsam zu dem großen gläsernen Wasserbehälter unterm Fernsehtisch, wo er zu schlabbern begann, während die drei Zweibeiner hinter ihm weiter über die menschliche Seele welträtselten.

Zwar waren Billys Schreibversuche mißlungen, doch entwickelte er mit den Jahren und infolge angehäufter Erfahrung im Umgang mit Menschentieren die Fähigkeit, seine Wünsche und Weisheiten zu übermitteln. Es gab da gewisse Möglichkeiten, sich mitzuteilen, zumal Marta und Markart ganz scharf darauf zu sein schienen, etwas von ihm zu erfahren. Die beiden waren nicht gerade lernfähig, immerhin aber lernbegierig; und wenn es ihnen an wahrer hündischer Weisheit fehlte, so war der Lord doch immerhin geneigt, ihren guten Willen anzuerkennen. Ich bring's euch mit der Zeit schon noch bei, Leute, signalisierte er, und soviel bekamen sie sogar mit, wenn sie sich tüchtig anstrengten.

Eines schönen hellen Morgens begann Markart in sein Notizbüchlein ganz neue Einsichten zu kritzeln:

»Billy hegt und pflegt einige Glaubenssätze, von deren Geltung und Unverbrüchlichkeit er vollkommen überzeugt ist.«

Prima, dachte Billy, und jetzt mußt du mir das noch vorlesen. Tatsächlich las Markart ihm den ersten Glaubenssatz vor.

Das klappte ja schon ganz gut. Es ist wie beim Telefon. Da reden sie am einen Ende rein, und am anderen Ende, ganz weit weg, hört einer zu und kapiert das.

Billy war sich sicher, er telefonierte auf eine ähnliche Art und Weise mit Markart, und der Mann hörte, was Billy sagte, sonst wüßte er ja nicht, was ihm mitgeteilt worden war.

Billy probierte diese Methode auch bei Marta aus. Und siehe, das funktionierte genauso. Auch Marta nahm die Botschaften des Lords auf und schrieb sie in Sätzen nieder. Kein Wunder also, wenn daraufhin in diesem vereinigten Schriftstellerhaushalt (vereinigt, weil sie nun *drei* Schriftsteller waren) »Der kleine Hundekatechismus« entstand.

Seine Glaubenssätze lauten so:

1. Du sollst nie einen anderen Hund haben neben mir.
2. Du sollst deinen Hund mehr achten als dich selbst.
3. Menschen sind seelenlose Lebewesen. Weil sie keine Seele besitzen, essen sie Tiere, um sich deren Seelen einzuverleiben.
4. Hunde sind die wahren Menschen.
5. Chow-Chows sind die echtesten Menschen.
6. Marta und Markart besitzen die Chance, sich infolge Lord Billys Bemühungen zu fast rassereinen Chows zu entwickeln. Sollte es verlangt werden, würde Billy den beiden gültige Zuchtpapiere ausstellen: Abstammung beinahe einwandfrei, Dressur ziemlich erfolgreich, alles also okay, Leute.
7. Marta und Markart sind für alles, was geschieht, verantwortlich, ganz besonders für schlechtes Wet-

ter. Wenn es stark regnet, mustert der Lord seine beiden Seyppels, diese totalen Versager, die sich sodann zusammennehmen und den Regen abstellen. Auch starker Wind geht auf das menschliche Fehlerkonto, denn Sturm bringt Billys Naturjacke durcheinander. Kühle und kalte Tage hingegen liebt der Lord und bestellt sie sich immer wieder. Marta und Markart reden sich gern auf die Erwärmung der Erde infolge einer Klimakatastrophe heraus. Billy reagiert darauf unwillig, das reicht dann meist, und schon kommen wieder die schönen kühlen Tage.

8. Alle Collies sind weiblich. Weil Billys erste Jugendliebe einer Colliehündin galt, nimmt er jeden Collie vom Erscheinungsbild her mit Liebe wahr, denn wahre Liebe macht blind. Für den Lord ist auch jeder Collie-Junge ein Mädchen. Sollte Billy das einmal anders sehen, würde er sich bei Markart beschweren. Denn, das steht für Billy felsenfest, Hunde wie er haben immer recht. Die Webfehler der Welt haben die Menschen zu verantworten. Besonders Markart.
9. Auf Spazierwegen soll nie zurückgegangen werden. Umkehren ist verboten! Die Welt ist so groß und weit, da bleibt unverständlich, weshalb die Menschen zweimal dieselbe Strecke abschreiten, erst hin, dann her. Billy möchte viel weiter fortgehen und höchstens im großen Bogen zurückkehren. Am liebsten aber überhaupt nicht. Bei doppelt gemoppelt langweilt sich Billys Nase, Wiederholungen sind ihm eine Zumutung.
10. Prinzipiell kann Billy überallhin mitgenommen werden. Es gibt kein Ziel, dem ein guter Hund nicht gewachsen wäre. Was die Menschen können, kann

er schon lange. Besuche, bei denen Billy nicht erwünscht wäre, sollten die Menschen überhaupt nicht machen, die lohnen sich nicht. Daraus folgt: Weder Tag noch Nacht müssen Marta oder Markart das Haus verlassen ohne ihren Chow. Wo er nicht dabeisein kann, haben sie nicht das geringste zu suchen.

11. Es soll leise und moderat gesprochen werden. Brüllaffen gehören in den Zoo. Billy hat sehr empfindliche Ohren. Laute Leute muß er zurechtbellen, bis sie sich anständig ausdrücken. Untereinander sollen sie sich ruhig anschreien, das ist ihre Sache. Mit einem Chow in der Nähe haben sie ihre Stimme zu zähmen und zärtlich zu reden.
12. Katzen müssen Maulkörbe tragen. Wenn sie rollig sind und in der Nacht ihre schrecklichen Sehnsuchtsschreie ausstoßen, fühlt Billy sich entsetzlich gestört. Er hat ein Recht auf Ruhe. Sollte sich das Gesetz mit dem Katzen-Maulkorb nicht realisieren lassen, weiß Billy andere Methoden, die Störer zum Schweigen zu bringen. Dazu fordert er freie Pfote. Punktum.
13. Markart ist zuständig fürs Autofahren. Billy sitzt hinter Markart und paßt auf, daß alles richtig gemacht wird. Billy könnte besser Auto fahren als Markart, doch die Menschen denken nur an Auto fahrende Menschen und richten es so ein, daß der beste Auto fahrende Hund nicht mit den Hinterläufen Gas geben und bremsen kann. Markart hält zu oft vor Ampeln, weil sie Rot zeigen. Billy weiß, sie zeigen gar nicht Rot. Marta sagt, Billy sei farbenblind wie alle Hunde. Billy weiß, Farben sind menschliche Einbildungen. Wenn Markart, statt des

eingebildeten Rots wegen anzuhalten, weiterfahren würde, kämen sie viel schneller zum Ziel. Ziel ist immer: Billy aussteigen und spazierengehen zu lassen.

14. Manchmal geht Markart mit Billy zum Tierarzt. Sie greifen dann an Billy herum und stellen allerhand Sachen an, die dem Lord nicht gefallen. Einmal benahm der Tierarzt sich besonders zudringlich, da zeigte Billy ihm, daß er nicht alles mit sich geschehen läßt. Seitdem hat der Tierarzt Respekt vor Billy. Im übrigen ist Markart in medizinischen Fragen einfach unehrlich. Wenn Billy zu diesem Tierarzt muß, jedenfalls nennen sie das so, geht Markart mit. Wenn Markart zum Menschenarzt muß, darf Billy nicht mit. Das ist unfair.
15. Der Unterschied zwischen Menschenarzt und Tierdoktor ist doof. Entweder geht Markart in Zukunft zum Tierarzt und Billy zum Menschendoktor, oder man schafft den Unterschied endlich ganz ab. Arzt ist Arzt, wenn's denn schon sein muß. Am besten ist der Hausarzt, der besucht den Kranken daheim, und wenn es Billy nicht paßt, stellt er sich ans Gartentor und macht »Woff«! Den Doktor will Billy erst einmal sehen, der dann nicht Leine zieht . . .

NACHBEMERKUNGEN

Unser erster Billy-Band »Lord Billy – Der chinesische Hund« wurde in der Presse mit »Onkel Toms Hütte« verglichen. Der Vergleich ehrt und ärgert uns. Zwar sehen wir die Parallele vom »Sklavenbefreiungsroman« zum »Tierbefreiungsroman« nicht ungern, aber wir haben versucht, sachlich zu berichten und zu erzählen und das bloß Gefühlvolle und Idyllische zu vermeiden.

Das betrifft den ersten Band ebenso wie den jetzt vorliegenden zweiten. Wenn wir diese Bücher als Romane bezeichnen, heißt das: Nicht alles wurde so erlebt, nichts aber erfunden. Im Unterschied zum Bericht erlaubt der Roman größere Freiheit. Zugrunde liegt stets das Erlebte. Wir haben versucht, zwischen dem Tier und uns eine solche Nähe herzustellen, wie sie zwischen Menschen selten geworden ist, so selten wie menschliche Freundschaft.

Sprechen wir von Tierliebe und Tierhaß. Wer Tiere liebt oder haßt, braucht dafür keine Argumente. Der Tierfeind nutzt dazu einfach seine *un*menschlichen Vorurteile. Ein beliebtes Vorurteil der Hundefeinde ist das von der Gefährlichkeit der Hunde. Jeder gebissene Mensch wird für den Hundefeind zum (falschen) Argument gegen die Existenz von Hunden. Tatsache ist aber, daß der Mensch mit Hilfe seines Hundes aggressiv ist. Die Menschen haben sich im Verlauf ihrer langen Geschichte nicht nur Mühe gegeben, den Hund zu ihrem Begleiter abzurichten, sondern auch zur Waffe. Der Hund wird, was der Herr ist. Wie den Soldaten das Töten, so werden Hunden der Angriff, der Biß, die Verfolgung eindressiert. So setzt sich im Hund das Wesen des

Menschen fort, der ihn hält. Ein Hund läßt sich auf viele Weisen unberechenbar und bösartig machen. Entweder durch direktes Training oder durch ungerechte Behandlung, Nachlässigkeit, Brutalität. Menschliche Nervosität, Gereiztheit, Haßgefühle, aber auch Ängste übertragen sich auf das Tier, das leicht zum Vollstrecker der Wünsche seines Besitzers wird. Oder das Tier wird von anderen Tieren angegriffen und reagiert von da an seinerseits aggressiv.

Andererseits bauen Haustiere menschliche und familiäre Spannungen ab. Wir können nur ahnen, wie viele Aggressionen, wieviel Wut, Trauer, Verzweiflung, Unlust, Griesgrämigkeit unsere Tiere hinfällig werden lassen allein durch ihr hilfreiches Vorhandensein in den menschlichen Behausungen, in denen immer mehr Feindschaft und Einsamkeit herrschen.

Am peinlichsten ist der Einwand, ein Hundefreund solle sich mehr um Menschen kümmern. Die Behauptung unterstellt, der Tierfreund liebe die Menschen nicht. In Wahrheit sagt das eine über das andere reinweg gar nichts aus. Es gibt Tierliebhaber, die Menschenhasser sind, und andere, die es nicht sind. Wir kennen den Rückzug von Menschen, die durch Menschen enttäuscht wurden, aufs Tier ebenso wie die Tierliebe derer, die sich damit von ihrer Menschenliebe nicht abhalten lassen.

Für ältere Menschen kann das Tier der nächste Freund sein. Für jüngere Menschen wird es oft zum Erprobungsfall. In der Nähe zu ihm, in der Sorge um das Tier entwickelt sich ein Charakter stärker, besser, geduldiger als ohne den Lebensgenossen.

Der Vorwurf, ein Tierliebhaber vernachlässige damit seine Menschenliebe, verrät das dumme Vorurteil dessen, der ihn vorbringt, und sagt viel über den Charakter desjenigen aus, der sich so falsch und kurzschlüssig äußert – er schließt nur von sich selbst auf andere.

Es gibt übertriebene Tierliebe ebenso wie mißgeleitete, es gibt Herrenmenschen, denen die Umgebung die verlangte Unterwerfung verweigert, so daß sie sich Tiere als Sklaven anschaffen, an denen sie ihre diktatorischen Gelüste austoben. All dies spricht weniger gegen das Tier als gegen den Menschen. Ja, es ist selbstverständlich für den Tierliebhaber, daß er Tiere gegen die Launen und die Gewaltherrschaft ihrer Menschen schützt. Tierliebe, die sich als Tierschutz manifestiert, ist Solidarität mit der schwächeren Kreatur gegen die Unmenschlichkeit jener Herrenmenschen, die nur im Gefühl der Unterdrückung anderer Lebewesen Genugtuung finden. Der Menschenfreund mag sich damit abfinden, der Menschen- und Tierfreund hingegen nicht, denn es mehrt die Last der Tiere.

Den Menschen, die das Tier nur halten, um es zu peinigen oder sich neben ihm als der Stärkere zu erweisen, gehört jedes Recht auf Tierhaltung abgesprochen. Da wirkt das Gesetz, das Tierquälerei verbietet, nicht hinreichend, denn das sichtbare Quälen von Tieren ist nur sichtbarer Ausdruck eines Verhaltens, das mehr zur Folge hat als körperliche Qual. Das Tier muß vor seinen Feindmenschen ebenso entschieden geschützt werden wie das Kind vor Torturen durch die Eltern. In beiden Fällen geht es um den Schutz Abhängiger. Der Mensch, der ein Tier hält, hat die Wahl zwischen einem gegenseitigen Lernverhältnis – das freilich der Sensibilität auf seiten des Menschen bedarf, während das Tier seiner Natur nach sensibel ist – und einer Methode brutaler Unterordnung des Tieres unter die Gelüste des Menschen. Schon die Wahl, die ein Tierbesitzer trifft, zeigt auf, was für ein

Mensch er ist. Allerdings kennen wir auch Fälle offenkundiger Verschiebung, und es wäre verfehlt, sie zu leugnen. Adolf Hitler war Vegetarier, seine Hunde liebte er abgöttisch, dem Tierschutz war er zugetan wie kaum ein anderer Politiker. Eine Behutsamkeit, die angesichts seiner Art, mit Menschen umzugehen, erstaunt. In solchen Fällen findet eine Verkehrung statt, das Tier erhält das den Menschen vorenthaltene Verständnis, die Solidarität und Liebe. Im Fall Hitler eine eindeutig krankhafte Verkehrung.

Uns überzeugte der lange Umgang mit Tieren von ihrer Beseeltheit, und wir halten es für eine schwere Verfehlung der Kirche, dem Tier keine Seele zuzusprechen. Entweder besitzen Tier und Mensch gleichermaßen keine Seele, oder beide sind beseelt. Indem der Mensch, angestiftet von den Theologen und einigen Philsophen (zum Beispiel Descartes), das Tier als bloße Sache einstufte, schuf er sich die Legitimation für den andauernden Massenmord am Tier. Dabei hat der Mensch sich selbst nichts Gutes angetan, denn die Tierschlächterei wurde zum Dauertraining fürs Menschenschlachten. Im Umgang mit dem Tier sank der Mensch auf eine niedrigere Stufe als das Tier. Zwar ist das Leben der Tiere in der Natur nicht ohne Grausamkeit, doch diese Grausamkeit folgt aus dem Gebot der Notwendigkeit, wonach die Arten sich voneinander ernähren. Erst der Mensch macht aus der Notwendigkeit einen Sport, eine Kultur der Massentierhaltung und Massentierqual wie Massentiervernichtung. Er beruft sich auf seinen höheren Stellenwert, auf seine Götter, seine Kultur. Doch wer ihn das Tier foltern und vernichten sieht, der verliert den guten Glauben an den Menschengott und die Menschenseele.

Wir können nicht einstimmen in das Klagelied, daß es zu viele Hunde, Katzen und sonstige Haustiere gebe heutzutage. Wir glauben, daß diese Tiere ihren Menschen mehr geben als die Menschen ihnen.

Was nun aber das Tier angeht, von dem unser Buch handelt, den Chow, so raten wir zu Sorgfalt und Überlegung. Gerade weil unser Buch so gern gelesen wird und jedes öffentliche Auftreten Billys ihm soviel Zuneigung einbringt, warnen wir davor, leichtfertig einen Chow anzuschaffen. Er ist ein schwieriges Wesen. Wir verstehen, wenn sich der Leser in den Chow verliebt. Doch Liebe allein genügt nicht. Der Chow braucht seinen Menschen ganz. Er gehorcht ungern und führt ein eigenes Leben. Wer ihm nicht ungebrochene Zuneigung und Geduld, dazu eine große Wohnung mit Garten bieten kann, sollte es lassen. Und der Chow ist hitzeempfindlich, ja hitzegefährdet. Am wohlsten fühlt er sich in der Kälte. Der Winter ist seine Jahreszeit, der Sommer seine Gefahr.

Schließlich verfügt der Chow über eine hochdifferenzierte Sensibilität. Wer ihn einmal beleidigt, sehe sich vor. Wer ihn falsch behandelt, wird es bereuen. Oft wird der Chow als »falsch« bezeichnet, womit »tückisch« gemeint ist. Doch der Chow ist weder falsch noch tükkisch, und wenn es so scheint, wurde er nicht richtig erzogen und geführt. Denn geführt werden muß ein Hund, auch der Chow, doch sollte es in Freundschaft geschehen. Der Chow, diese Freundschaft verspürend, beantwortet sie so stark, ungebrochen und gewissenhaft, wie wir Menschen es untereinander kaum noch vollbringen.

Es sei denn, der Chow befindet sich im Erregungszustand. Dann bricht seine Wildnatur durch. Was das bedeutet, kennen wir aus unserer eigenen Menschengeschichte.

Eben lasen wir in der Presse, die Polizei habe bei der Autobahnauffahrt von Frankfurt-Kalbach einen Chow erschießen müssen, weil er den Verkehr gefährdete und sich nicht einfangen ließ.

Bei unseren Spaziergängen mit Billy wurden wir darauf angesprochen, und wir überlegten, ob die Tötung wirklich notwendig gewesen sei. Das läßt sich nicht so einfach beurteilen, man hätte an Ort und Stelle sein müssen. Allerdings fragt sich, wie der Chow zur Autobahnauffahrt gekommen ist, und es spricht einiges dafür, daß er dort ausgesetzt wurde. Im Moment, da wir davon lasen, dachten wir, es wäre kein größeres Unrecht gewesen, den zu erschießen, der den Hund ausgesetzt hat.

Diese Nachbemerkungen wurden von Gerhard Zwerenz noch für den ersten Billy-Band geschrieben, aus Platzgründen aber nicht mit in Druck gegeben. So sollen sie jetzt den zweiten Band abschließen. Wegen der vielen Leser-Anfragen, unsere Doppelautorschaft und anderes angehend, sei angefügt: Im ersten Billy-Band stammte der Großteil der Geschichten von GZ, und IZ schrieb den kleineren Teil dazu. Jetzt, im zweiten Band, ist es umgekehrt, die meisten Aufzeichnungen schrieb IZ. So bleibt anzumerken: Die Reise nach Spanien fand im Mai 1983 statt. Den an der Biskaya gedrehten Fernsehstreifen sendete die ARD am 3. Juli 1983, einen Tag vor Beginn der großen Ferien in mehreren Bundesländern, darunter das bevölkerungsstärkste Nordrhein-Westfalen. Offenbar sahen sehr viele Menschen Lord Billys Reiseabenteuer, denn in den folgenden Wochen erhielt Billy aus fernen Ferienländern Post. Manche reisten sogar an die

Biskaya, hefteten sich an unsere Spuren und schickten Billy Fotos davon. In diesen Wochen war Billy sicherlich der Hund, der weltweit die meiste Post bekam. Er trug es mit Fassung. Nur unser Briefträger wunderte sich. Der TV-Film trug den Titel »Meine Biskaya-Küste«. Es war nicht Billys erster Fernsehauftritt, aber der erste, in dem er alles andere beherrschte und »seine Menschen« in den Schatten stellte. Lord Billy war später noch bei mehreren TV-Interviews dabei. Am 3. Januar 1988 beherrschte er wiederum eine ganze Sendung im ZDF.

Wir teilen das so genau mit, weil immer wieder Anfragen eingehen, was in den Geschichten wahr und was erfunden sei. Einer wie Billy aber lebt so, als sei sein Leben erfunden. Als der erste Billy-Band in vielen Zeitungen von Hamburg und Bremen bis Freiburg und Augsburg abgedruckt wurde, mußte der Lord auf Reisen gehen, denn die Leser wollten das Buch signiert haben. Leider wird es nun zum Erscheinen des zweiten Bandes keine Signierreisen mehr geben. Am 30. Mai 1990 ging Lord Billy in die ewigen Jagdgründe ein.

Der plötzliche Todesfall traf uns schwer. Billy wäre im Juni zwölf Jahre alt geworden. Da GZ am 3. Juni 1990 das 65. Lebensjahr vollendete, hatten wir uns alle drei darauf geeinigt, daß Billy am 3. Juni im Umrechnungskurs ebenfalls 65 Jahre alt geworden wäre. Nun fehlten vier Tage daran. Es sei der traurigste Geburtstag seines ganzen Lebens, erklärte GZ. Anrufenden Rundfunkinterviewern sagte er in einer, wie mir schien, plötzlichen Gefühlsaufwallung, er wolle keine Bücher mehr schreiben. Die Erklärung stieß auf weitverbreiteten Unglauben, denn GZ hatte hundert Bücher veröffentlicht, und niemand nahm ihm ab, daß er einhalten könne. Tatsächlich unterbrach GZ die Arbeit an diesem zweiten Billy-

Band. Eine angefangene längere Niederschrift mit dem Titel *Lord Billys letzter Tag* wurde weggeschlossen. Das Manuskript des zweiten Bandes mußte ich abschließen und druckfertig machen. So wird es denn im Jahre 1991 als Buch erscheinen, im Jahr 1 nach Billys Tod. Das tröstet uns ein wenig über den Verlust hinweg, denn es ist, als würde dem Lord ein Nachleben geschenkt. Was bleibt, sind Schmerz, Verlust und Trauer. Was uns tröstet, ist die Gewißheit: Wir haben die Freundschaft einer Kreatur erleben dürfen und uns im Umgang mit dem Tier keiner Ungerechtigkeit schuldig gemacht. Die zwölf Jahre Leben mit Billy waren voll vom Kriegsgeschrei der Welt, voll von Raketendrohung, Rüstungskonflikten, Rassenkriegen, Minderheitenverfolgung. Wir sind den Konflikten nie ausgewichen und waren oft an den Dummheiten der Politik, Kultur, Geschichte beteiligt. Nicht immer machten wir eine gute Figur, manches erscheint uns im nachhinein als fragwürdig, wo nicht falsch. Was aber bleibt, ist unser Gedächtnis, sind unsere gemeinsamen Erlebnisse, wo nicht Streiche mit Billy, dem Lord Chow-Chow, der durch unsere Träume wandern wird bis zum letzten Tag.

Oberreifenberg im Taunus,
den 1. Januar 1991 — *Ingrid Zwerenz*

RRV ▶ THRILLER

IRONISCH UND BÖSE – SPANNUNG VOM FEINSTEN

316 Seiten, gebunden mit Schutzumschlag

Peter Schmidt hat hierzulande den Polit-Thriller salonfähig gemacht und ohne sonderliche Mühe einen Standard erreicht, der internationalen Vergleichen standhalten kann.
(Rudi Kost in »Schwarze Beute«)

RASCH UND RÖHRING VERLAG